내가 멸종 위기인 줄도 모르고

내가 멸종 위기인 줄도 모르고

이정섭 지음

예민하고 소심해서 세상이 벅찬
인간 개복치의 생존 에세이

허밍버드
Hummingbird

어쩌다 인간으로 태어난 개복치들에게, 건배!

"안녕하세요 작가님. H 출판사의 김보람 에디터입니다. 저희 출판사와 책을 내실 의향이 있으신지 문의드립니다."

지난해 초 어느 날, 이런 메일을 받았다. 가짜 메일인가 싶어 꼼꼼히 읽어봤더니 세상에! 진짜 출간 제안이었다. 에디터님께서 온라인에 써둔 내 글을 봤고, 좋아하는 독자가 있을 것으로 판단한 것이다. "소심한 사람들의 작은 마음을 담으면 어떨까 싶어요. 작은 일에 예민하고, 머뭇거리고, 늘 당하고 사는 사람들의 이야기요."

유명세도 없는 필자의 에세이를 누가 읽겠냐 싶었지만, 출판 자체만으로 두고두고 자랑할 거리라 넙죽 제안을 물었다. 어쨌든 난 진짜 소심하고, 머뭇대는 사람 아니던가. '평소대로 쓰면 책까지 된다니 글쓰기가 더욱더 즐거워지겠군.' 동네방네 자랑했다. 집필 활동에 매진할 조용한 카페를 물색했다. 손가락 피로가 덜하다는 기계식 키보드를 마련했다. 그리고, 정작 글은 한 자도 못 썼다. 계약 맺은 지 한 달이나 지난 시점이었다. 출판사는 원래 쓰던 대로 에세이를 써주길 바랐다. 나 역시 사연에 적당한 교훈만 붙이면 글이 될 줄 알았다. '세상엔 나만큼 찌질한 이들도 많을 테니 공감도 사고, 도움도 되겠지.' 걷는 법에 대해 골똘히 생각하면 발걸음이 꼬인다고 했던가. 독자에게 도움 될 부분을 떠올리자 도통 글이 써지지 않았다.

참고차 에세이를 몇 권 사서 읽었다. 남다른 경험과 긍정적 지혜가 가득했다. 대단하다 싶었으나 그뿐이었다. 난 그렇게 쓸 수 없었다. 잡지 에디터 생활 몇 년 하다가 그만두고 마케팅 일하며 살아가는 평범한 인생이다. 기억 구석구석을 뒤져도 독자들에게 전할 중요한 깨달음은 없었다. 글 쓰는 '재주'는 있지만 글 쓸 '내용'이 없는 글쟁이인 셈이다. 내용 없는 삶이라 생각하니 어쩌나 슬프던지. '리프레시'란 핑계로 컴퓨터 게임에 매진했다. 그러다 결국, 집필 마감이란 최후통첩을 받고 결론을 내리고 말았다.

에세이는 근본적으로 '아무 글'이다. 대단한 메시지가 없더라도, 한 사람분의 역할을 하며 살아가는 일상도 누군가에게 읽을거리가 될지 모른다. 적어도 이렇게 살면 안 되겠다, 란 타산지석은 되겠지. 꾸미지 말고 솔직하게 쓰자. 읽는 이를 위해 양념 삼아 재미만 한 숟가락 넣어서.

그리하여 이제부터 여러분이 읽을 글은, 한국 사회에 태어난 미약한 인간이 코리안 스탠더드에 가까워지고자 아등바등하며 사는 이야기다. 때론 포기하고, 때론 정신승리 하는 모습을 담았다. 보편적 통찰은 없으며 설령 독자 당신이 어떤 깨달음을 얻는다고 해도 글쓴이 책임은 아니다. 그저 〈동물의 왕국〉 다큐멘터리 남자 성우 목소리를 상상하며 구경꾼의 심정으로 읽어주시길. "게으른 인간 남성이 소심한 습성 탓에 쭈뼛대고 있군요. 건기가 오면 말라 죽겠지만 인간 남성은 그 사실을 아직 모르죠."

마지막으로 이 책에 공감할 사람의 리스트는 아래와 같다. 아직 책을 계산하지 않았다면 해당 사항이 있는지 꼼꼼히 확인하자.

1. 사소한 사건 하나 잊지 못해 괴로운 예민 보스
2. 주문 음식이 안 나와도 망부석처럼 기다리는 소심이
3. 타고난 예민함과 소심함 탓에, 여기저기 치여 살며
4. 감정 소모가 없는 감정의 청정지대를 꿈꿔본 당신

그럼, 우주의 티끌 같은 지구별에 어쩌다 인간으로 태어난 불운한 영혼들에게 이 글을 바친다. 안녕.

2019년 여름
이정섭

차례

2부 득이 되기도 합니다, 소심함은요

 3부 그렇고 그런 교훈은 없습니다만

1부

왠지, 나 인간 사회에
안 맞는 거 같아

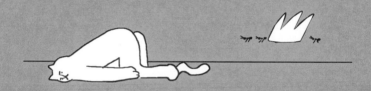

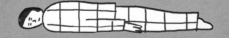

개복치의 위대한 삶

과학자가 꿈인 초등학생이 아인슈타인을 꿈꾸듯, 인기를 오래도록 누리고픈 아이돌 초년생이 이효리를 바라듯 난 항상 인생의 롤모델로 개복치를 생각해왔다. 나 자신이 미약하게 느껴질 때면 개복치 같은 삶을 그리며 힘을 차려왔다. 이 책을 펼친 독자 중엔 아무래도 나처럼 미약한 존재들이 많을 터. 그래서 준비했다. '알아두면 도움 될지 몰라! 개복치 상식!'

> 거북이와의 충돌을 예감하고 겁이 나서 죽음
> 일광욕하다 새한테 쪼여 상처 곪아 죽음
> 바닷속 공기 방울이 눈에 들어가 스트레스로 죽음
>
> — 인터넷에 퍼진 개복치 사망 이유 중

〈살아남아라! 개복치!〉라는 게임이 유행한 적 있다. 오만 가지 이유로 사망해대는 개복치를 살려내는 스마트폰 게임인데, 게임 속 개복치의 예민한 모습이 소심이들에게 공감을 사며 크게 유행했다. 작은 자극에 개복치가 사망하듯, 소심이들은 마음의 스크래치를 쉽게 입는다는 이야기겠다. 난 게임이 나오기 직전 우연히 개복치에 대한 에세이를 잡지에 실었다가, 친구들에게서 "개복치 게임 나온 거 알고 있어? 완전 너야!"란 메시지를 수도 없이 받았다. "응. 알고 있어." "알고 있다고." "그만 좀, 안다고." 밀려드는 똑같은 카톡 메시지에 스트레스 받아 죽음.

개복치에 대해 전혀 모르는 분들을 위해 설명하자면, 개복치는 복어목의 물고기다. 바다에서 살며 덩치는 최대 3m까지 커진다. 둥글넓적한 몸에, 눈은 크고 입은 조그맣다. 지느러미는 몸에 비해 무척 작은데, 베개나 쿠션 가장자리에 달린 레이스를 연상시킨다. 개복치는 가끔 옆으로 벌렁 누워 물 표면에 떠다니기도 하며 그 모습은 마치, '커다란 얼굴' 같다.

그렇다. 하얀 몸에 눈만 까맣게 찍혀 있어 큰 얼굴을 연상시킨다. 서양 사람들이 붙인 별명이 '얼굴 물고기(Head fish)'다. 특이한 외모 탓에 과거 일본에선 붙잡은 개복치를 임산부에게 보여주면, 개복치를 닮은(!) 아이를 낳는다는 전승이 있었다고 한다.

어릴 때의 개복치는 '동네 밥'이다. 얼마나 밥이냐 하면 한 번에 2억 5,000만 마리씩 태어나는데도 멸종 위기(세계자연보전연맹이 정한 취약종)일 만큼 동네 밥이다. 상상해보자. 대한민국 국민의 다섯 배 정도의 형제자매가 한 번에 태어난다. 그중엔 유독 친한 자매도 있고, 추억을 공유한 형제도 있다. "그때 기억나? 우리 포항 앞바다 바위틈에서 작은 새우를 먹곤 했잖아." 남쪽 바다를 오색빛깔로 장식한 산호초의 풍경, 보기만 해도 아찔한 정어리 군단의 위용.

하지만, 이런 추억도 부질없이 3~4년만 지나면 2억 4,999만 9,990마리가 목숨을 잃는다. 생존 확률 0.000004%. 일종의 제노사이드다. 태어난 순간 죽었다 봐도 무방하다. 어린 시절의 개복치가 너무나도 미약한 탓이다. 사진으로 보면 새카만 별사탕 같은 게 꼬물꼬물댄다. 크기부터 생긴 꼴까지 어찌나 안쓰러운지.

그렇지만 말이다. 0.000004%의 확률, 기적이라 부를 수밖에 없는 가능성을 부여잡은 개복치에겐 새로운 세상이 펼쳐진다. 복어목 물고기들이 대부분 그렇듯 개복치는 껍질이 두껍고 거칠다. 두꺼운 껍질에 커다란 덩치까지 더해져 천적이 거의 없어진다. 개복치는 해파리나 씹으며 햇볕을 쬐고, 복잡한 세상사와는 무관하게 평생 망망대해를 자유로이 부유한다. 가다랑어 무리와 고등어 무리 사이에 벌어진 다툼도 신경쓰지 않는다. 뭣도 모르는 새파란 참치 청년이 허리춤을 꽉 깨물면 개복치는 슬픈 눈으로 슬쩍 쳐다본 후 옆으로 몸을 옮길 뿐이다.

생존의 문제가 해결된 다음 개복치는 무슨 생각을 할까? 제노사이드의 목격자로서의 슬픔? 세상에 대한 냉소? 그렇지는 않은 것으로 보인다. 험한 세상을 견뎌왔음에도 개복치들은 세상 생명체들과 천진난만하게 어울린다. 한때 자신을 노리던 빨판 상어가 "저……기, 예전엔 미안했어. 배가 많이 고팠나봐. 다신 안 그럴게. 그런데 혹시 너의 몸 아래쪽에 잠시 붙어 다녀도 될까?"라며 뻔뻔하게 '공생'을 부탁해도, 개복치는 그저 고개를 끄덕인다. 처음 만난 인간들과 장난치는 모습도 흔히 목격된다. 선천적 비폭력으로 인해 벌어지는 수많은 위험, 기적에 가까운 생존 과정, 결론에 이르러 그동안의 고통에도 불구하고 어린아이의 마음을 잃지 않는 모습. 한 편의 드라마가 아닌가.

마흔. 가능성의 시절을 지나 내 인생의 디테일이 하나씩 결정되는 시기를 맞아 자신을 돌아볼 때 난 개복치마냥 멸종 위기종이었다. 글 좀 끼적이는 재주 빼곤 사회생활에 유리한 능력은 하나도 없었고, 때론 먹고살기가 위태위태했다. 믿었던 이들이 나에게 상처를 줬으며, 내 능력 부족으로 누군가를 아프게 했다. 수많은 상처에 맞서 내가 한 일은 그저 버텨낸 일뿐이었다. 아주 가끔 그 괴로움에 '유머'를 한 숟갈 끼얹어 글로 남기는 정도.

모든 상처에도 불구하고 기적적으로 살아남길 바라며, 살아남은 다음엔 개복치처럼 천진난만하게 세상과 어울릴 수 있기를 바란다.

 충격! 개복치는 그렇게 잘 죽지 않아!

일본의 개복치 전문가 사와이 에쓰로 박사님에 따르면 개복치가 소문처럼 잘 죽지는 않는다고 한다. 사와이 에쓰로 박사는 전 세계 곳곳 개복치가 있다면 어디든 찾아가 연구하는 열정 과학자이자, 개복치 굿즈(개복치 마우스패드 등)와 개복치 동인지(당신이 생각하는 그 동인지 맞다)까지 만드는 개복치 마니아다. 이런 사와이 에쓰로 박사님도 쉽게 죽는 개

복치를 보지 못했으며, 자신이 취합한 1,300개의 개복치 기록물에도 그런 사실은 없다고. 도리어 민간설화에선 생김새 탓에 무서운 존재로 알려져 있다고. 어릴 때 사망률이 높은 것은 사실이지만, 어른이 되면 바다세상에서 나름 중간은 가는 물고기가 된다고 박사님은 말했다.

세상의 개복치 여러분, 중간은 갈 수 있다고 합니다!

뻔하디 뻔한 공감 에세이에 지친 이들에게

요즘 서점에 가면 '○○하지 못하고 사는 당신을 위한 ○○법' 혹은 '나 자신을 긍정하며 살아가기로 했다!'류의 제목이 붙은 소위 '공감 에세이'를 쉽게 볼 수 있다. 보통 사람들이 "완전히 내 이야기잖아!"라며 고개 끄덕일 상황을 제시한 후 글쓴이가 겪어보니 이렇더라며 솔루션을 제시하는 방식이 대부분이다. 공감 에세이는 마음속 가려운 곳을 긁어주며 많은 독자의 눈길을 사로잡고 있지만, 독서마니아 중엔 공감 에세이의 인기에 눈살 찌푸리는 사람도 있다.

'누구나 아는 뻔한 주장을 요리조리 방법만 달리 소개한다. 마음만 먹으면 모든 게 쉽게 해결될 것처럼 써댄다'는 것이 비판의 핵심이다. '기승전교훈'으로 이어지는 상투적인 에세이 글은 나 역시 아주 싫어한다. 며칠 전 간만에 들른 서점에서 에세이 코너를 훑으며 속으로 욕하던 중 "어라? 그런 글을 지금 내가 쓰고 있잖아? 책으로 묶은 이 글 역시 딱 그런 '공감 에세이'가 아닐까?" 고민이 들었다. 그래서 이번 글은 일종의 자기반성이자 자기변명, 그리고 에세이를 음미하는 법에 대해 내가 독자에게 건네는 제안이다.

공감 에세이가 흥하는 이유를 나쁘게 말하면, 책이 독자에게 아부를 하는 탓이다. 사람들의 공감을 끌어내기 위해 처음부터 기획했다는 말이다. 보통 사람들이 어떤 감정을 품고 사는지 알아내는 것은 생각보다 어렵지 않다. 직장인으로서의 짜증나는 순간, 결혼해서 행복한 경험 등 온갖 감정은 페이스북과 커뮤니티를 훑어도 쉽게 알 수 있다. 특정 감정을 공유하는 일부에 집중해 그들을 대상으로 글로 풀면 바로 공감 에세이다.

'소심한 남자'를 화자로 삼는 내 글을 예로 들자. 사람에 치여 힘들다는 현대인들이 많다. 너무 많은 약속, 지칠 정도로 많은 대화. 나 역시 마찬가지다. 한 주에 최대로 잡을 수 있는 저녁 약속은 두 번. 월수금 3일 약속 잡히면 전주 일요일부터 힘이 든다. 나처럼 생각하는 사람이 많을 테니 이걸 글로 쓰자. '굳이 나갈 필요 없다. 방구석에서 혼자 놀아도 즐겁다'는 주제로 글을 쓰면 반응이 좋지 않을까? 마치 페이스북에서 '좋아요'를 받는 구조하고도 비슷하다. "불금이지만 난 혼자. 하지만 괜찮아. 내 영원한 친구 스마트폰이 있는걸"이란 글을 금요일 저녁에 게시하면 금요일 저녁 침대에 누워 스마트폰질 하던 지인들이 공감해서 꾹 누르겠지.

그렇다면 독자의 반응을 최우선으로 글 소재를 잡은 자체가 과연 나쁜 일일까? 관점에 따라 다르다. 책을 독서 소비자의 '니즈'를 채워주는 '상품'이라 본다면, 독자 반응을 신경 안 쓰는 책이 오히려 '나쁜' 책이다. 반면, 책을 작가의 진심만을 온전히 묻어내는 일종의 '작품'으로 본다면, 독자 반응에 맞춰 기획한 책은 별로다. 자기 내면으로 긴 여행을 끝내고 유니크한 성찰을 담아 쓰는 책이 더 '좋은' 책이다.

독자들이 "딴소리 마시고 그렇다면 개복치 님의 관점은 무엇인가요? 그저 우리의 공감만을 바라고 글을 쓰셨나요?"라고 내게 묻는다면 "하하하, 무슨 소리를, 전 그냥 제 진심을 담아 썼을 뿐……, (동공지진) 죄송합니다." 아니라고 쉽게 말할 순 없다. 잡지 에디터와 소셜 에디터 일을 해왔다. 독자 쪽으로 확 기운 글만 쓴 지 언 10년이다. 뭘 쓰든 본능적으로 독자 관심을 떠올린다. 쓸 때마다 누가 곁에 앉아 따지는 상상을 한다. "재미없어. 재미없다고. 다시 쓰라고!"

하지만 모든 글이란 독자와 필자 사이 어딘가에서 시작하는 법. 글쟁이 마음속엔 여러 가지 욕심이 충돌한다. 마음속에서 반응 하나하나를 신경 쓰는 소심이가 있는 한편(줄여서 '따봉 소심이'라 부르자), "이 글이 네가 진심으로 생각하는 거야? 어디서 주워들은 번지르르한 말을 갖다 붙인 건 아니냐고" 따지는 진정성 있는 소심이(줄여서 '진심 소심이'라 부르자)도 있다. 컴퓨터 앞에 앉은 내 속에선 따봉 소심이와 진심 소심이가 티격태격 댄다.

따봉 소심이와 진심 소심이는 결론적으로 상호배타적이지 않다. 어느 한쪽의 말만 들었을 땐 나쁜 글이 나온다. 진심 소심이 말만 듣고 글 쓴 적은 사실 없고, 따봉 소심이 의견이 우세한 경우는 많은데, 독자의 공감에서 출발하더라도 결론까지 독자에게 아부하려 할 때 글은 조잡해진다. 언젠가 '당신 혼자만으로 충분하다. 사람은 외로울 줄 알아야 한다'라는 멋진 문장을 떠올리곤 그 주제로 글쓰기를 시작했다가 포기했다. 절

절히 체감하지 않은 스토리엔 생생함이 없었다. 도리어 혼자만으론 충분하지 않다는 완전히 반대의 결론에 이르렀다. 사람에 치여 사는 이들도 외로움을 탄다. 사람이 있어도 힘듦, 없어도 힘듦. 그렇다면 해결책은? 있을 리가. 인생이란 딜레마. 글을 이렇게 쓸 순 없어 폐기했다.

앞선 질문 "그저 독자의 공감만 노리고 글을 썼나요?" 질문에 정확히 답하자면, 그런 글은 안 쓰려고 합니다만 사람은 자기합리화의 동물이고 내 안의 '따봉 소심이'가 언제나 호시탐탐 기회를 노리고 있기에 장담은 못 한다. 만약 내 글 중 식상한 공감글을 발견했다면 따봉 소심이가 이겼다고 여기고 한껏 욕해주길 바란다.

덧붙여 내가 가장 좋아하는 에세이는 삶의 미묘한 결이 묻어있는 에세이다. 웃기다가 슬프고, 슬프다가 웃긴, 현실이 소설보다 신기하다는 점을 보여주는, 읽고 나면 설명키 어려운 작은 덩어리가 내 속 어딘가 남은 느낌을 주는 에세이다. 몇 년 사이 내게 그런 덩어리를 남긴 글은 작가가 쓴 책이 아니었다. 인터넷 커뮤니티에 어느 유저가 올린 '신림동 신선 썰', 신림동에서 고시 공부하던 글쓴이가 자신이 만난 장수생('신선'이라 부른다고 한다)들에 대해 쓴 글인데 이야기가 펄떡펄떡 살아있다. 자세한 내용은 '신림동 신선 썰'로 검색해보시길.

에세이와 스릴러 소설의 공통점은, 둘 모두 결론이 핵심이 아니라는 점이다. 손에 땀을 쥐는 추적 과정이 스릴러 소설의 재미이듯, 에세이에선 이야기와 이야기가 자아낸 분위기가 독자에게 남는 무엇이다. 범인만 안다고 스릴러 소설이 재밌지 않듯, 교훈만 암기한다고 얻어지는 건 아무것도 없다.

에세이와 스릴러 소설의 차이점은, 스릴러는 다시 읽으면 별로지만 에세이는 자꾸 읽어도 재밌다는 점이다. 글쓴이가 겪은 삶의 경험이 묘하게 나와 겹쳐지는 느낌, 좋은 에세이는 읽을 때마다 포근해진다.

당신은 전생에 코알라였을지도 모른다

~~~~~~~~~~~~~~~~~~~~~~~~~~~~~~~

Q. 다음 중 당신에게 해당하는 것을 모두 고르시오(복수 응답 가능).

1 온종일 침대에서 보내고 싶다.

2 매일 뭐 먹을지 고르기 귀찮다.

3 사람들과 사교적 대화는 하루에 15분이 적당하다.

4 다툼은 너무 피곤한 일이라 가능한 한 피한다.

5 적게 누리더라도 나만의 방식으로 살고 싶다.

세 개 이상 포함되면 당신은 전생에 코알라였을지 모른다. '왠지 나, 인간 사회엔 맞지 않는 것 같은데'라고 느껴왔을 당신을 위한 잡학상식. '알아두면 도움 될지 몰라 코알라 편!'

'여행은 가지 않고 여행 가이드북만 보며 즐거워하기'란 취미가 있다. 딱딱한 이코노미석 의자에 엉덩이가 마비되고, 아픈 다리 누일 카페 찾느라 헤매는 진짜 여행과 달리 가이드북만 보는 상상 여행은 편안한 즐거움을 준다. 지난해 여름 호주 여행이 끌리기에 《론리플래닛》 호주 편을 펼쳐 들었다.

가이드북으로 마주한 호주는 대단했다. 거대한 대륙에 펼쳐진 이국적 풍경. (상상 속에서) 큰 파도에 몸을 맡긴 채 서핑하고, (상상 속에서) 공원 하이킹을 했다. '이것이 남반구의 멋짐인가' 감탄하고 있을 무렵 가이드북의 한 대목이 나를 몹시 불편하게 했다. '자연환경' 파트에서 코알라를 한껏 비꼬고 있던 탓

이다. 책 내용을 그대로 옮겨 적자면, "야생동물 공원이나 동물원에 가면 코알라의 멍한 눈길을 눈치챌 기회가 있을 것이다. 수년 전 생물학자들은 코알라가 자기 두개골 크기에 맞지 않는 뇌를 지닌 유일한 생물이라고 밝혔다. 코알라의 뇌는 주름진 호두 모양으로, 액체가 가득 찬 두개골 안에서 돌아다닌다." 호주 국민 동물이라면서 이렇게까지 말하면 너무하다. 뇌가 두개골에 맞지 않아 이리저리 굴러다닌다니.

코알라가 정말 놀림당할 동물인가 싶어 인터넷 검색에 나섰다. 그랬더니 글쎄…… 코알라는 생각보다 더 독특한 동물이었으며, 다른 한편으론 묘하게 나 자신과 비슷했다. 코알라의 특성 하나하나가 내 존재와 연결돼 있다는 느낌을 받았다.

█ 온종일 침대에서 보내고 싶다

코알라는 하루에 스무 시간을 잔다. "우리 집 고양이는 맨날 잠만 자요"라는 고양이의 수면시간도 하루 13시간이다. 개는 10시간, 인간은 8시간, 소는 4시간, 양은 3.8시간. 일반적으로 육식동물은 수면시간이 길고, 저칼로리 채식을 하는 초식동물은 수면시간이 짧다. 풀을 끊임없이 먹어야 하기에 그렇다고 한다. 비일반적이게도 코알라는 초식동물이면서 잠을 오래 잔다. 호주 여행 떠난 사람들이 잠자는 코알라밖에 못 봤다며 불평하는 건 이런 이유다.

나 역시 침대를 무척 좋아하고 잠자기를 즐긴다. 주말엔 스스로 '수면 테라피'라고 이름 붙인, 끝없이 잠자기를 실행한다.

푸욱 자고 나면 일주일 중 유일하게 말짱한 정신이 되곤 한다.

❷ 매일 뭐 먹을지 고르기 귀찮다

코알라가 삶 대부분을 잠자며 보내는 이유는, 지독한 편식가인 탓이다. 코알라는 오직 유칼립투스 잎만 먹는다(소수의 예외도 있긴 하다). 그런데 유칼립투스 잎은 다른 잎에 비해 영양소가 높지 않다. 그렇기에 어른 코알라의 경우 하루에 2,000개 정도의 잎은 먹어야 한다. 깨어 있는 시간을 따지면, 1분에 여덟 개 잎 꼴로 꼬박꼬박 먹어야 한다는 소리다. 유칼립투스엔 약한 독성까지 있어 소화하는 일도 피곤하다. 에너지를 최대한 비축하고자 코알라는 대부분의 시간을 잠으로 보낸다. 특이하게도 영양가 높은 다른 잎을 줘도 코알라는 본체만체한다고 한다.

　나도 가던 음식점만 주야장천 간다. 마시던 술, 먹던 음식을 바꾸지 않는다. 원래 누리던 안락한 패턴을 벗어나기 싫다.

❸ 사람들과 사교적 대화는 하루에 15분이 적당하다

무리 생활을 하면서도 코알라의 사교적 행위는 무척 짧다. 야생 코알라를 연구한 호주 연구진에 의하면 코알라는 하루 15분 정도 다른 코알라와 소통한다. 얼굴을 마주보고, 손발을 건드려보는 모든 사교 행동을 포함해 15분이다. 15분이 지나면 원래의 자신, 즉 유칼립투스 잎을 뜯거나 꾸벅꾸벅 조는 모습으로 돌아간다.

그런데 생각해보면 '하루 15분간의 사교' 이상적이지 않은가. 모든 사람이 법적으로 15분만 소통할 수 있다고 치자. 만약 그렇다면 그 15분은 순수한 환대로 가득할 테다. "너에 대해 알고 싶어. 네 이야기를 들려줘." 소모적인 허식은 사라지고, 자기 에너지를 최대한 담아 상대와 소통하게 될 것이다.

4 다툼은 너무 피곤한 일이라 가능한 한 피한다

코알라도 싸우긴 싸운다. 2017년 호주 애들레이드 스털링의 한 도로에서 두 코알라가 싸우는 모습이 동네 주민 마거릿 스미스 씨에 의해 촬영되었다. 서로 상대의 동그란 머리통을 잡고 흔들어대는 장면은 코알라를 사랑하던 많은 이에게 큰 충격을 주었다. "내가 알던 코알라는 이렇지 않아. 흑흑."

하지만 걱정 마시길. 코알라에게 싸움은 무척 드문 일이다. 코알라는 에너지를 낭비하는 행동을 피하려는 경향이 강해 아무리 화나도 공격적 행동을 하는 일이 드물다. 동네에서 코알라를 수없이 봐왔던 호주인 마거릿 스미스 씨도 코알라가 싸우는 건 태어나 처음 봤다고 말했다.

난 갈등 상황을 너무나도 싫어한다. 웬만한 불만은 삼키고 산다. 이유를 곰곰이 생각해본 적이 있는데 상대가 두렵기도 하지만, 다툼 과정에서 너무 많은 에너지를 빼앗겨서가 더 컸다. 고등학교 때 주먹다짐을 해본 적이 있었는데, 일종의 '승리'를 취하고도 마음이 너무 안 좋아 그냥 맞고 말걸, 싶었다.

하루에 20시간씩 자며, 에너지를 아끼고 아끼며 근근이 살아
가는 코알라. 얼핏 불우해 보이는 코알라의 라이프스타일은
사실 그들이 택한 삶의 한 형태일지도 모른다.

코알라A 고급 풀을 먹으려고 캥거루들과 경쟁해야 하는 걸까?
코알라B 난 싸움이 싫어. 차라리 아무도 안 먹는 유칼립투스를 먹
　　　　는 쪽이 낫겠어. 허기는 지겠지만 누워 자면 그뿐이잖아.
코알라C 맞아. 싸우는 미식보단 평화로운 절식을 택하겠어!

어릴 적 내 꿈은 '조금 일하고, 돈 충분히 버는 직업'을 갖는
것이었다. 어른이 된 지금, 그런 직업은 현실에 존재하지 않는
다는 사실을 안다. 그래서 내 지금 꿈은 '적당히 일하고, 먹고
살 돈을 버는 상태를 가능한 한 오래 유지'하는 것이다. 어릴
적 선배들은 "일은 다 힘들어. 돈 많이 주는 일이 장땡이야"라
고 훈계했으나 내겐 해당 사항이 없다. 괴로운 일을 하면 너무
괴롭다. 고로 아무리 많은 돈을 줘도 하지 않겠다. 유칼립투스
잎만 먹을지언정.
　아무리 봐도 제 전생은 코알라가 분명한데 여러분은 어떠신
가요?

 번외 편: 전투 코알라 가설

평화로운 코알라에 대해 전혀 다른 해석을 내리는 이들도 있다. 온라인 커뮤니티를 중심으로 퍼진 '전투 코알라' 가설에 따르면, 코알라는 사실 강력한 전투 종족이다. 온종일 나무에 매달려 있을 수 있는 강력한 근력으로 상대를 무자비하게 두들겨 팬다. 성격이 예민해 마음에 안 드는 동물들을 공격해 호주 대륙은 쑥밭이 됐다. 참상을 마주한 코알라들은 자신의 폭력성을 반성한다. 그리고 스스로 힘을 봉인하고자 일부러 마취 성분이 있는 유칼립투스 잎만 먹기로 한다. 유칼립투스 잎을 먹는 동안은 자기 본성을 억누르고, 잠이나 자며 멍하게 보내게 된다.

이때 유칼립투스 잎을 거부한 몇몇 코알라들이 말레이시아 쿠알라룸푸르 지역으로 이주했는데, 그 포악성에 인간들이 쩔쩔맸다고 한다. 쿠알라룸푸르(Kuala Lumpur)의 원래 지명은 바로 '코알라 룸푸르(Koala Lumpur)', 코알라의 땅이었다는데……. 믿거나 말거나.

불행 중독자의 행복법

～～～～～～～～～～

불행하다고 느끼기 시작한 때가 언제였더라? 적어도 기억 속 어릴 적의 난 늘 불행했다. 불행이 인생의 디폴트 값이었다. 왜 그렇게 불행했냐 묻는다면 아마도,

중학교 땐 공부를 못했고, 친구가 없었으며, 세상에 적응할 수 있을까 무서웠다. 그 쉽다는 평준화 지역 고입 시험을 겨우 통과했는데, 시험을 통과한 후 그날 밤 '내가 지금도 이렇게 능력 없는데, 고등학교에 가면 세상에서 더 밀려날 거야'라는 두려움에 술을 마셨고 펑펑 울었다. 고등학교에 올라가자 친구는 여전히 없었지만, 공부는 조금 잘하게 됐다. 대신 더 못생겨졌다. 어느 날 거울을 봤더니 세상에, 모딜리아니의 인물화를 닮은 못난이가 서 있었다. "이상하다? 어릴 땐 귀여웠던 것 같은데?" 자신감이 바닥을 쳐 어깨를 움츠린 채 땅바닥만 보며 다녔다. "쯧쯧, 남자가 어깨 쫙 펴고 다녀야지." 어머니가 말했다. 난 어머니에게 "어깨 펴고 다니라는 게 자신감 있게 다녀야 한다는 의미라면 그건 남자든 여자든 마찬가지겠죠. 하지만 특정 성별과 무관하게 있지도 않은 자신감을 가장해야 할 필요는 없다고 생각해요"라고 말하려다가 그 대신 "알겠어요……" 하고 말았다.

서울에 있는 대학에 입학하는 문제가 크게 다가왔다. 서울에만 가면, 대학에만 가면 친구도 생기고(여자친구는 너무 비현실

적이라 상상에서도 불가했다), 외모도 나아지고, 무엇보다 내 인생에도 재밌는 일들이 벌어지리라 생각했다. 하지만 웬걸, 대학생이 되자 내 불행은 한 차원 도약했다. 성적, 외모 따위를 뛰어넘어 인간의 삶 자체가 행복해질 방법이 없는 게 아닌지 의심하게 된 것이다. 큰 노트에 인간의, 아니 정확히 말하면 내 행복 가능성에 대해 끼적여봤다.

정규직으로 취업할 가능성 몇 퍼센트, 건강을 망칠 가능성 몇 퍼센트, 사랑하는 사람을 만날 가능성 몇 퍼센트. 천문학적인 운으로 그 모든 것을 이루고도 행복하다고 느끼지 않을 가능성 99%. '종교를 믿어야 하나, 철학을 파야 하나. 아냐아냐 소용없어. 모두 인간의 자기 최면일 뿐이야. 사실 우리가 살아가는 데는 어떤 의미도 없어.' 도서관에 파묻혀 있던 사유에 사유를 거듭한 끝에 내린 결론이었다. 그때 얻은 '깨달음'으로 나는 대학 초반 상당 기간을 불행하게 보냈다.

시간은 흐르고 때가 되자 나 역시 훈련소로 향하게 됐다. 공익요원이라 6주만 보내면 되기에 가뿐한 마음으로 왔지만 뚜둥! 숙소에 앉은 동기 훈련생 80여 명의 인상이 매우 좋지 않다. 매우 좋지 않았다는 건 순화된 표현이다. 그중 상당수는 자세부터 표정까지 누가 봐도 건달이었다. 범죄 이력으로 공익요원이 된 한 무리의 사람들과 내무실을 함께 쓰게 된 것이다.

똑같은 군복을 입혀 놓아도 건달 티가 난다니 '낭중지추'는 이런 걸 두고 말하는 것일까. 잔뜩 기죽어 있는데 걸걸한 목소리가 들려왔다. "야, 넌 대학생이지?" 나한테 말한 줄 알고 놀랐는데, 다행히 옆에 앉은 샌님2(샌님1은 물론 나)에게 한 말이었다. 말한 사람은 새까만 피부에 한눈에 봐도 인상 험악한 건달 훈련생이었다. "어느 대학 나왔는데?" "S대 나왔어." 샌님2가 답했다. "오~, 인마 봐라. 야야 이놈 S대 나왔단다. 머리 좋나 보네. 너 내 쪼가리(여친을 낮잡아 부르는 속칭) 연애편지 좀 써봐라. 그리고 반말하지 말고, 알겠나." "네, 알겠습니다." 그러더니 날 보고 "너도 대학생이제. 어느 대학 나왔노." 머릴 팽팽히 굴려 답했다. "별로 안 유명한 대학 나왔습니다. 들어보신 적도 없을 거예요." "그렇나. 알겠다." 휙이휙이 관심아 사라져라. 미안해 S대. 나라도 살아야겠다.

대학 진학률이 70%니 뭐니 하던 때인데 이게 뭔지. 내가 속한 훈련반은 대학생이 드물었다. 다들 범죄 이력 아니면 정신 문제로 공익이 된 훈련생들이었다. 그리고 인권 침해 같은데 정신 문제로 공익 온 훈련생은 군모 위에 병명을 크게 붙여 두었다. 예컨대 한글로 크게 '강박증'이라 써놓는 식이다. 근데 이 친구는 솔직히 써놓을 만했다. 눈만 마주쳐도 자기 무시하냐며 싸움박질을 벌였다.

그리고 내 바로 옆자리엔 커다란 덩치의 K가 있었다. K의 외모는 공포영화에 나오는 미국 시골 연쇄살인마와 판박이였다. 심지어 군모에 '성격이상'이라 적혀 있어 더 무서웠다. '제발 나한테 말 걸지 마라' "나이가 어떻게 돼요?" "스물한 살입니다." "어, 나랑 동갑이네." "아……, 그렇네요." "반갑다. 말 놓

자. 너 대학 다닌다 했지. 난 정육점에서 일하는데." 성격이상의 도살자. 꺅!

은 아니고, K는 나름 괜찮은 퍼스널리티의 소유자였다. K의 설명에 따르면, 그는 원래 공부머리가 없었다. 고등학생 때부터 아버지 정육점에서 일하기로 했기에 내키는 대로 살았다. 친구들과 몰려다니고 시비 거는 사람들과 싸우기도 하고. 그러나 손님들에게 인기도 많았다고 한다. 정육점 일도 손에 맞았지만 K는 배움에 대한 욕망이 일었다. 주변 친구들을 보니 맨날 술만 먹고 여자만 따라다니는 모습에 한숨만 나오더라. 사람이 배워야겠다 싶어 작년에 대학 1학년이 됐다. 꼴통들만 가는 대학(K의 말이며, 특정 대학을 낮잡아 규정짓는 건 옳지 않다)인데 어차피 나 혼자 배우러 간 거니까 상관없다, 였다. K는 그런 자신이 대견스럽다고 말했다.

"그런데 성격이상은?" "이거? 내가 훈련소 세 번째거든. 조교 놈들이 신경질 나게 해서 훈련 못 받겠다 우겼더니 성격이상 주고 공익 보내주데. 땡잡았지." 흠……, 일단 수긍했다. K는 알 수 없는 이유로 자기와 내가 비슷하다고 생각했고, 훈련소 내내 함께 즐겁게 지냈다. 그런데 겪어본 결과 K는 성격이상이 분명했다. 뛸 마음이 들지 않는다 = 뛰지 않는다. 지금은 누워 있고 싶다 = 누워 있는다. 마음이 가는 대로만 행동했다. 조교 입장에선 열불이 나지만 때릴 수도 없고, 쫓아내기도 쉽지 않다. 군대란 곳이 문제 발생 자체를 싫어한다. 조교는 문제만 일으키지 말라는 심정으로 K에게 열외급의 쉬운 일만 시켰다. 그 곁에서 나도 어부지리로 느긋한 일상을 보냈다.

훈련소 마지막 일요일, 미사 후 흡연 중이신 신부님을 발견한 K는 얼른 읍소해 담배를 두 대 얻었다(군종 신부님 휴가로 일반 신부님이 오셔서 가능한 일이었다). 훈련소 구석 양지바른 곳에서 누워 점심에 남겨둔 딸기잼을 핥아먹으며 함께 담배를 피웠다. 햇볕이 따스했고, 바람도 시원했다. 담배에서 시나몬 맛이 난다는 느낌을 받았다. 누워있던 K가 말했다. "이야~, 이게 인생 아니냐. 느긋하니 좋네. 담배 맛 좋네." 굳이 입으로 내뱉은 K의 만족감은 내게 묘한 울림을 주었다. '진짜네. 이게 인생이네.' 하늘이 참 좋았다. 담배에선 시나몬 맛이 났고.

이 경험이 나를 곧바로 바꾸어놓았다면 거짓이다. 불행 마니아답게 난 이후로도 오래도록 불행을 붙들고 살았다. 그러나 행복에 대한 이야기가 나올 때마다, 혹은 스스로 침잠하는 경험을 할 때마다 딸꾹질처럼 훈련소 귀퉁이에서 담배를 피우던 장면이 떠오르는 것이다. '적어도 나는 그때 행복했다.'

소심이들은 생각을 통해 행복으로 향하는 길을 찾으려 하지만, 그 노력은 오히려 소심이를 불행으로 이끈다. 행복이 어디 있는지는 모르지만 적어도 행복을 향해 가리키는 손가락 끝엔 없는 탓이다. 살면서 알게 된 건 행복 비스름한 것들은 순간순간의 일상에 있다는 것. 그리고 그 행복 비스름한 것이 바로 행복일지도 모른다는 것.

연쇄 살인마를 닮은 K와 담배를 피우며 배운 것은 딱 하나,

행복 비스름한 일이 벌어질 때 명확한 언어로 그 순간을 박제해놓으면 유용하다는 사실이다. 지난주 고깃집에서 맛있는 한우를 먹다가 (소심한 탓에) 작게 외쳤다.

"맛있다! Life is good!"

상처받은 당신이 애써 세상과 어울려야 할 이유

"영상에서 보신 것처럼 시우민 씨(가명)는 이제 집밖으로 나서지 않습니다. 온종일 집에서 게임만 하며 지냅니다. 요즘 우민 씨처럼 게임에 빠져 삶을 내팽개친 이들이 많습니다. 셧다운제 등 게임 중독을 막기 위한 특단의 조처가 필요한 시점입니다."

게임 중독을 다루는 TV 뉴스에서 흔히 나오는 멘트다. 컴퓨터 앞에 앉은 추레한 사람이 나오고, 멀끔히 양복을 입은 미디어 피플들이 카메라를 들이대며, 중독자에게 정신적인 충격을 가한다. 이런 뉴스를 볼 때마다 관점의 얄팍함에 고개를 가로젓게 된다. '게임을 많이 해서 문제, 고로 게임을 못 하도록 막으면 문제가 사라진다'는 발상은 내게 "자꾸 콧물이 흐르고 있습니다! 코를 틀어막아야겠습니다" 정도로밖에 보이지 않는다.

게임을 우울함의 도피처로 삼아본 적 있는 내 경험상 게임 중독은 원인이 아닌 증상이다. '감기 바이러스'가 아닌 '흐르는 콧물'이란 소리다. 게임하는 손가락을 붙잡는다고 문제는 해결되지 않는다. 뉴스 속 게임 중독자 우민 씨에게도 한땐 우민 씨만의 목표, 우민 씨만의 취향, 우민 씨만의 친구들이 있었을 것이다. 우민 씨는 한때 잘나가는 가수 지망생이었는지도 모른다. 하지만 어떤 상처를 받고 감당하지 못해 게임 중독 집돌이가 되었을지도 모르고.

"행복한 가정은 모두 엇비슷하지만, 불행한 가정은 불행한 이유가 제각기 다르다." 소설 《안나 카레니나》의 첫 문장처럼 불행한 마음에는 저마다의 이유가 있다. 우리는 무언가를 경험하고 고통을 느끼며, 저마다의 방식으로 그 고통을 해석한다. 그런 다음, 비슷하다고 판단되는 사건이 발생하면 앞선 경험을 토대로 고통에 대응한다.

그런데 우리 마음속은 수학처럼 명확하지 않다. "바다는 왠지 무서워. 이유는 잘 모르겠어." 마음속 뒤죽박죽 들어앉은 온갖 기억들이 때론 알 수 없는 방식으로 나타난다. 이 엉망진창이 우리 마음이 움직이는 방식이며, 소심한 영혼들이 세상을 거부하고 게임 중독 같은 자기파괴적인 세계로 빠지는 이유다.

미국 인포그래픽 기업 펀더스 앤 파운더스(Funders&Founders)의 계산에 따르면 한 사람이 평생 살면서 만나는 사람은 80,000명쯤 된다고 한다. 미국의 각종 통계를 바탕으로 거칠게 추산한 수치로, 자료에 따르면 인간의 평균 수명 78.3세, 만난 사람을 기억하기 시작하는 평균 연령은 5살, 하루에 만나는 새로운 사람은 3명. 그렇게 $(78.3 - 5) \times 3 \times 365.24 = 80,000$명이 된다. 많이 엉성한 계산이지만 일단 그렇다 치자.

이 계산식에 따르면 마흔 살의 난 지금까지 대략 38,000명을 만났다. 그들 중 기억하는 사람이 얼마나 될까. 글쓰기 전 몇 명이나 떠오르는지 기억을 짜내보았으나 100명이 채 안 됐다. 특이하게 이 100명은 내가 자주 만난 순서가 아니었다. 서너 번 스쳐 지나간 신촌 막걸리 행상 아저씨가 100명 안에 들어가 있으며, 딱 두 번 만난 모 철학자와 역시 두 번 만난 젊은 여성분도 포함돼 있다. 반면 옛날 회사 건물 뒤 아침 먹으러 다니던 돈가스집 주인아저씨는 존재는 기억하지만 얼굴은 떠오르지 않았다. 회사 동료들 이름도 많지 않았다.

그렇다면 왜 난 만난 사람의 일부만, 그것도 만난 기간과 무관하게 기억할까. 그건 우리 기억이 작동하는 방식 탓이다. 우리 기억은 '작업기억'과 '장기기억'으로 나뉜다. 책을 좋아하는 당신이 낯선 사람 일곱 명과 독서모임을 하기로 한 후 첫 모임을 가졌다고 치자. 박보검처럼 생긴 남자 A, 니코스 카잔차키스를 좋아한다는 여자 B 등. 당신은 이때 마치 작업대 위에 올리듯 얼굴과 이름을 매치시켜 머릿속에 두는데, 이 당장의 기억이 작업기억이다. 그런데 급한 일이 생겨 다음 모임에 빠진다. 그다음 모임 역시 야근 때문에 못 간다. 시간이 흐르며 모임 멤버들에 대한 기억은 흐릿해진다. "어떻게 생겼더라? 무슨 책을 좋아한다고 했지?" 만난 사람들은 특별한 특징으로, 예컨대 'A = 살찐 박보검', 'B = 조르바 여자'로 머릿속에 저장된다. 이렇게 어떤 대상을 특징화하는 걸 심리학에선 '암호화'라고 한다. 긴 시간이 지나도 기억나는 '장기기억'은 암호화로 이뤄진다. 사람뿐 아니라 먹은 음식, 겪은 활동 모두 마찬가지. 내가 만난 38,000명 중 어떤 이유로든 암호화된 이들이 바로 그 100명이다.

장기기억을 칠판에 그리면 단어와 단어들이 이어져 있는 연결망처럼 보일 것이다. 그리고 그 연결망은 객관적이라기보단 개인의 주관적인 경험에 의지해 있다.

경험　동아리 모임에서 박서준처럼 생긴 남자를 만나서 말을 붙였으나, 자기 이야기만 주절대는 등 매너가 없더라. 그러더니 자기는 에일을 좋아한다며 진짜 맥주 좋아하는 사람은 에일을 마신다고 주장했다. 에일은 허세 떠는 사람이나 좋아하는 술 같다.

연결망　[박서준류 잘생김]-[배려 없음]-[에일]-[허세]

같은 경험이 반복되거나 한 번의 경험이라도 강렬하다면 박서준만 봐도, 에일만 봐도 눈살을 찌푸리는 비논리적이지만 강렬한 연결망이 형성된다. 잘못된 건 아니다. 사람이란 누구나 자신만의 연결망을 만들어가고, 편견과 오해는 있을지언정 살면서 대부분 별 문제는 없다. 그러나 예민하고 생각 많은 개복치라면 이야기가 조금 달라진다.

중고등학교 때 난 말을 더듬었다. 운동은 못했으며, 공부는 중간쯤 됐다. 대단한 왕따 경험은 없으나 때로 악의 없는 공격의 대상이 되기도 했다. 그리고 또 다른 사건. 오래전 할아버지 장례식, 장지인 안동에서 고향 부산으로 오는 길에 어떤 이유로 부모님 없이 나 혼자 친척들이 가득한 자동차를 타게 됐다. 졸다가 슬쩍 깼는데, 친척들은 내 부모님 욕을 하고 있었다. 돈을 베풀어야지 혼자 다 가지려 한다는 험담이었다.

심한 왕따를 당한 것도 아니다. 뒷담화 역시 친척 사이에도 있을 법한 것이다. 그런데도 인간의 이중성을 보여주는 상황이 벌어질 때마다 내게 커다란 충격으로 남았다. 인간은 모두 가면을 쓴 이기적인 존재들이며, 기회가 생기면 공격할 거라는 과장된 믿음은 영화 속 BGM처럼 내 삶에 백그라운드로 깔려있었다. 뒤통수치는 사람을 만나면 보통 사람들은 "이 사람은 나쁘군" 하겠지만, 난 '사람이란 존재는 역시 나쁘군'이라고 확대 해석한다. 우울한 시기엔 책과 게임으로 이뤄진 혼자만의 세계로 틀어박히는 쪽을 택한다. '사람이란 존재가 없는 것'만으로도 행복했다.

게임 중독 집돌이로 망가질 순간이 몇 번은 있었다고 기억한다. 그러나 혼자만의 시간은 내 상처를 온전히 치유해주지 못했다. 세상에 대한 내 인식이 전혀 바뀌지 않았다. [힘들어] – [세상은 이기적] – [혼자] – [외로워] – [외로워서 힘들어] – [힘들어서 혼자일래] 악순환이 이어졌다.

다행히 마음속 연결망은 절대불변이 아니다. 마음은 끊임없이 새로운 경험에 따라 연결망을 다듬는다. 앞선 '박서준 – 에일 불쾌 경험'을 한 사람이 박서준 닮은 맥주 덕후와 사랑에 빠진다면 앞선 연결망 따윈 깡그리 사라질 테다. 옛 이별을 잊는 가장 좋은 방법은 새 애인이라는 뻔한 명제를 심리학은 굳이 어렵게 '인출 유도 망각'이라고 한다. 특정한 기억 항목 사이의 연결망이 강해지면, 다른 기억 항목의 연결망은 약해진다는, 뭐 뻔한 이야기다.

"혼자여도 괜찮아.""지금 그대로의 모습을 자랑스러워 해."
위로의 말들은 상처 많은 개복치들에게 꼭 필요하지만, 그것
만으로는 부족하다. 어쨌든 우린 영원히 혼자서 행복감을 느
낄 수 없고, 언제가 세상 속에 나아가야 하니까. 그러기 위해선
따뜻한 연결망이 잔뜩 필요하니까.

소심한 개복치 여러분께 좋은 소식을 하나 전하자면, 심리
학은 특정 기억을 어렵게 떠올릴수록 다음부터 그 기억을 꺼
내기 쉽다고 전한다. 마음속 연결망 중 어렵게 맺어진 것들은
오래오래 남는다는 말. 소심한 당신이 누군가와의 관계를 긍
정한다면 그 경험은 당신 안에 쌓여 강렬한 에너지가 될 것이
다. '느리지만 확실한 배움'이랄까.

알아보면 부담스럽고, 몰라보면 서러워한다

합정에 좋아하던 카페가 있었다. 텅 빈 회색 공간, 띄엄띄엄 놓인 고무나무 테이블, 테이블 위에 올라오던 노랗고 완벽한 스콘. 커피와 함께 내주던 스콘은 겉은 바삭, 속은 부드러웠다. 작은 포크로 쪼개 달달한 버터를 발라 입에 머금으면 마음 바닥까지 따스해졌다. 직원들의 시크함도 내 마음을 편하게 해줬다. 내가 있든 말든 신경 쓰지 않는다는 무심함이 몸짓 하나하나에 느껴졌다. 격주에 한 번꼴로 이곳에서 힐링의 시간을 보냈다.

그때가 잡지사에서 일하고 있었을 때인데 이 카페를 잡지에 소개하면 어떨까, 라는 생각이 들었고 주인장에게 말씀드렸더니 쿨하게 오케이. 애정을 가득 담아 소개 기사를 썼다. 그리고 난 더는 그 카페를 가지 못하게 되었다. 왜냐면,

〈백종원의 골목식당〉처럼 기사 나간 후 손님이 왕창 몰려서? 걱정을 하긴 했다. 잡지도 드릴 겸 주말에 찾아가보니 세상에! 기사 나가기 전과 정확히 일치하는 풍경에 놀라고 말았다. 아무 일도 없던 것 같았다. 역시 조그만 잡지 따위에 나 따위가 쓴 기사 따위론 아무런 변화도 일어나지 않는다 따위의 진실을 절감했다. 그렇다면 주인아저씨가 "내 카페를 이 따위로 소개해?" 싫어해서? 정반대다. 주인아저씨는 내 기사를 너무 좋아하셨다. 정확히 말해 과하게 좋아하셨다.

주말에 카페에 갔더니 주인아저씨가 말을 건넨다. 무슨 책보는지도 여쭤보시고, 에디터 생활도 물어보시고, 서비스로 빵도 주시더라. 왔다 갔다 할 때도 눈이 마주치기도 했다. 아, 이래선 곤란하다. 내가 이곳에 오는 목적은 소통 없는 고독을 즐기고자 하는 것. 사람에 치이는 생활을 뒤로하고, 주말의 몇 시간 정도라도 아무도 모르는 공간에 홀로 존재하고자 카페를 찾는 것이다.

어느 날 결정타가 터졌다. 카페를 찾은 날이 신정 근처였는데, 주인아저씨가 새해 선물로 카페에서 만든(카페가 디자인숍도 겸하고 있었다) 가죽 다이어리를 선물로 주겠다고 한 것이다. "아녜요. 괜찮아요." "단골이신데. 성의예요." "아니, 진짜 괜찮은데……. 다이어리 이미 있어서." "그냥 노트로도 쓸 수 있는 제품이에요." "아. 네……."

어느새 내 손엔 '공짜로 남에게 받은 가죽 다이어리'가 덜렁 쥐어 있었다. 난 드릴 게 없어 죄송스러웠고 앞으로 더 가까워질 미래에 부담감이 느껴졌다. 다음 주말, 책을 들고 나서는 내 발걸음은 다른 카페로 향하고 있었다. 나를 낯설게 대하는 그런 카페로.

애써 신경 써준 주인아저씨께는 정말로 감사드린다. '꾸준하게 찾아온 손님이 있었는데, 그동안 내가 몰라봤군. 내 카페를 그토록 좋아했다니. 더 잘해줘야겠어.' 그러나 그 상황이 내겐 부담스러웠다. 아저씨 죄송합니다. 스콘은 맛있었어요. 여기까지가 내가 좋아하던 카페에 못 가게 된 사연.

"저, 혹시 여기 처음 오신 것 아니시죠? 얼굴이 낯익어요." 바텐더가 내게 물었다. 이곳은 연남동의 칵테일 바 P, 마케터로 일하며 위스키 브랜드 업무차 들렀는데, 바텐더가 날 알아본 것이다. "(기어들어가는 목소리로) 네. 저번에 왔었어요." "(의기양양하게) 어쩐지 뵌 분 같더라고요." '네, 뵌 분 맞아요. 한 3년째 오고 있거든요. 세어보진 않았지만 못해도 30번은 들렀을 거예요.'

사실 이 바는 내가 가장 자주 찾은 바다. 크리스마스 때도 왔고, 신년에도 왔고. 아버지하고도 왔고, 친구들하고도 왔다. 바텐더는 신기하게도 친구들은 모두 기억했고 나만은 늘 '새로운 손님'으로 반겨주셨다. 함께 온 일행들이 작가나 음악가, 강사 같은 자기 개성으로 먹고사는 비월급쟁이가 많긴 했다. 그에 비해 난 말투부터 외모까지 평범한 직장인이니까(남자 바텐더가 여자분들을 잘 기억하는 건 그냥 느낌 때문으로 치자).

그런데도 매번 나만 빼고 알은체하는 것은 서럽다. "(친구 A를 향해) 손님은 위스키 베이스 칵테일을 좋아하시니까 이번엔 '러스티 네일'을 두 종류의 위스키로 섞어 만들어 드릴게요." "(음악가 친구 B에게 말 걸며) 연말에 공연 예정 있으신가요?" 반면 나에겐 드라이하게 "손님은 어떤 거로 주문하시겠어요?" 하고 만다.

술 취하면 나도 낯가림이 줄어든다. 알코올은 사람의 이성적인 사고를 관장하는 전두엽을 마비시킨다더니, 취하면 평소의 소심함은 사라지고 남에게 먼저 말을 붙이며 오지랖을 부리려는 욕망이 일기도 한다. 그러나 오지랖을 부려봤자 상대는 철저히 날 모르고, 마비된 전두엽이 도로 깨어나며 부끄러워지곤 한다.

"맞아! 손님 저번엔 혼자 오신 적 있죠?" 아까부터 나에 대한 기억을 끄집어내던 바텐더가 외쳤다. 위스키를 홀짝이며 홀로 책을 읽겠다며 P를 찾은 적이 있었다. 무라카미 하루키의 소설 속에 나오는 헛헛하면서도 쿨한 장면을 꿈꿨으나 막상 바가 어두워서 글이 보이지 않았다. 인상 쓰며 책 읽는 모습을 불쌍히 본 바텐더가 "제가 그때 독서등 드렸었어요." "맞아요. 감사했습니다." 그날도 외로웠고 이후론 절대 혼자서는 술집에 가지 않습니다만. 여기까진 단골 바에서 몰라봐줘서 마음 상한 사연.

어떨 땐 혼자 있고 싶고, 또 다를 땐 관심받고 싶고 사람의 마음이란 참 애매하다. 소심한 사람도 관심받고 싶을 땐 있다는 것. 이기적이게도 자기 마음이 준비가 됐을 때뿐이지만.

사람과의 대화가 낯선 당신을 위한 대화 팁

자신이 누군가와 나누는 대화를 녹음해 들어본 적 있는지. 나는 자주 들었다. 잡지 에디터로 일하던 시절, 녹음한 인터뷰 대화를 워드 파일로 옮기는 일이 잦았던 탓이다. 에디터들이 인터뷰 중 메모하는 모습만 보고, 녹음까진 안 하는 줄 아는 분들이 있는데, 오해다. 메모는 현장에서 대화의 맥락을 잡는 용도일 뿐. 기사 쓸 땐 녹음본을 듣고 정리해야 한다. 옮겨 적는 시간은 내게 고역이었다. "왜 목소리가 이따위지?" "나, 말 왜 이렇게 못해?" 어눌한 목소리에, 엉망진창 대화 진행. 쥐구멍이라도 숨고 싶은 심정이었다.

다행히도 자기 목소리를 듣기 싫어하는 사람이 나만은 아니었나보다. 얼마 전 영국 가디언지에서 〈자신의 목소리를 듣기 민망한 이유〉라는 기사가 났다. 많은 사람에게 나타나는 일반적인 현상으로, '음성직면(voice confrontation)'이란 용어마저 있다고 한다.

가디언지에 따르면, 녹음된 목소리를 사람들이 싫어하는 이유는 우선 그 소리가 자신이 원래 알던 '내 목소리'와 달라서라고 한다. 소리는 뇌가 음파를 해석하는 과정이다. 내 목소리를 내가 들을 땐 공기로 전달되는 음파와 뼈로 전달되는 음파 두 가지를 종합해 듣지만, 남이 들을 땐 공기 전달 음파로만 듣는다. 충격적이게도 당신을 제외한 모든 사람은 녹음 파일 속에

웅얼대는 소리를 당신 목소리로 알고 산다.

보다 더 중요한 이유는 '음성직면' 현상이다. 인간의 뇌는 끊임없이 자신을 각색한다고 한다. 자신이 하는 말과 행동을 실제보다 좋게 해석한다는 뜻이다. 긴장해 떨었고, 대화가 뚝뚝 끊어졌더라도 자기 뇌 속에선 자신이 유창하게 말하는 것처럼 꾸며낸다. 그러나 녹음본은 '뇌내보정'을 거치지 못한다. 자신의 공격적인 대화 혹은 어눌한 대화를 그대로 직면하고 부끄러워진다는 게 자기 목소리 민망 현상의 해석이다.

녹음된 대화를 들었더니 세상에. 난 대화 스킬이 중간은 되는 줄 알았다. 그러나 녹음 파일 속에서 마주한 난 정말 최악의 대화 상대였다. 상대가 관심 없는 티를 내도 주야장천 내 말만 해대는 나. A에 대해 한참 이야기하던 중 갑자기 B를 소재로 끄집어내 대화를 산만하게 만드는 나. 중간중간 상대 말을 잘라먹는 나.

대화 방법을 바꾸겠다는 마음을 굳게 먹었다. 잘못은 똑똑히 마주해야 고쳐지는 법. 비판을 쓴 약으로 삼고자 주변에 내 대화의 단점을 물어보면 참 좋았겠지만, 마음이 콩알만 해 못 그러고 대신 소심한 책돌이답게 대화법 책을 독파했다.

책에서 읽은 법을 현실에 적용하는 건 힘들었다. 자연스럽게 걷다가도 '걷는 법'에 대해 고민하는 순간 발이 엉켜버리듯 오히려 대화가 꼬이는 일이 잦았다. 같이 대화하던 친구 왈 "어쩐지 너, 더 멍청해진 것 같은데?" 그러나 대화는 점점 자연스러워졌다. 녹음본에서 들리는 내 인터뷰 대화도 한층 정

상인에 가까워졌다. 혹시 이 책을 읽는 사람 중 나 같은 대화 멍청이들이 있을지도 모르니 상식적인 대화 팁 세 가지를 소개한다.

■ 입에서 나오는 대로 말하면 안 된다

"이번에 제주도 갔다 왔어. A잡지에서 봤던 조천리를 갔다 왔거든."

"(갑자기 그 잡지가 떠오름) 아, A, 나도 재밌게 보는데."

"조천리에 유명한 제주도식 빵집이 있어. 거기서 파는 게……."

"(불현듯 빵이 떠오름) 신사동에 일본식 빵집 생겼더라."

머릿속에 떠오르는 대로 말하면 대화가 산만해진다. 과거의 내가 전형적으로 이런 스타일이었는데, 대화하는 양쪽 모두 집중이 어렵다. 하나의 주제를 마무리 지은 다음 다른 주제로 건너가자. 그러려면 의식적으로 대화의 흐름을 잡아나가야 한다. 대화 흐름에서 벗어난 것을 직감하면 슬쩍 "하던 이야기로 돌아와서"라고 말해도 좋다.

■ 자기 이야기만 하지 않도록 경계하자

"내 친구 000이 있는데, 걔가 어떻냐 하면~"

"지난달에 나 다낭 다녀왔잖아~"

자기 이야기를 퍼붓는 친구가 한 명쯤은 있을 테다. 아시다시피 괴로운 일이다. 그런데 소심한 당신이라고 안 그렇다고 자신할 순 없다. 자기 이야기를 하고픈 건 사람의 본능이다. 예민 보스인 당신이라도, 마음까지 이해해주는 친구에겐 그동안 억누른 자기 이야기를 봇물 터뜨리듯 쏟아낼 수 있다. 경계하자. 친한 친구가 있다면 "혹시, 내가 내 이야기만 해?" 물어봐라.

❸ 상대의 관심사에서 대화 소재를 찾자

일본의 영화감독 기타노 다케시는 우리나라로 치면 박찬욱과 안성기를 합쳐놓은 정도로 유명한 인물이다. 그런 기타노 다케시가 에세이집에서 자신의 대화법을 밝혔다. "저는 대화를 할 때 상대에게서 소재를 찾아냅니다. 요리사라면 요리에 대해, 운전사라면 운전에 대해. 재미도 있고 배울 것도 있습니다."

소심한 이들은 대체 뭘 이야기할지 모르는 경우가 많다. 그러다가 우연히 잘 아는 분야가 대화 소재로 나오면, 상대가 관심이 있든 없든 그 이야기만 줄곧 한다. 두 문제를 모두 해결하려면 처음부터 상대의 소재에서 함께 이야기할 거리를 찾아내는 방법을 추천한다. 영화를 좋아하는 사람이라면 영화, 패션 애호가라면 패션, 상대의 소재와 내 관심사의 중간 지대를 찾는 쪽이 좋다.

내가 안 해봐서 아는데, 소심이들은 타인들과의 대화 경험이 적다. 내가 해봐서 아는데, 소심이들은 대화 스킬과는 무관하게 '진짜 내 사람'들과는 행복하게 소통한다고 여긴다. 그런데 사실 그렇지가 않다. 나의 엉망 대화법을 알아차린 후 와이프에게 처음 사귈 때 나와 이야기하는 것이 즐거웠는지 물었다. 별로였다고 한다. 그럼 왜 사귀었냐 물었더니,

"얼굴이 잘생겨서, 그냥 얼굴만 봤지."

"……"

대화가 힘듦에도 불구하고 다른 장점 덕에 곁에 있는 것일 뿐이니 소심한 분들도 대화 스킬을 익혀놓도록. 수영도 배우고, 자전거도 배우는데 사람과 소통하는 방법도 배워야 하지 않을까요. 그럼 지금까지 얼굴 파먹고 살던 와이프랑 사는 개복치가 전해드렸습니다.

서대문경찰서의 카이저 소제

작은 신문사에서 수습기자 할 때의 일이다. 예전 신문사는 신입기자에게 몇 달간 경찰서에서 먹고 자며 취재하는 '사츠마와리'란 것을 시켰다. 통과의례의 일종으로 '거친 현장'에서 '어려운 일'을 견뎌내야 기자 자질이 생긴다는 취지였다.

내 담당은 종로경찰서, 서대문경찰서, 중부경찰서, 남부경찰서 네 개 경찰서였다. 새벽에 일어나 경찰서들을 차례로 돌며 지난밤 사건사고를 확인하며 하루를 시작한다. 낮엔 선배가 시키는 취재를 하고, 밤에는 경찰서 안에 버티고 앉는다. 버티고 앉아서 무얼 하느냐. 눈과 귀를 열고 경찰서 안을 감시한다. 대형 사건을 목격하면 선배들에게 바로 보고한다. 국회의원이나 재벌 2세가 잡혀 오면 즉시 취재한다. 바로 미디어의 촉수 역할을 하는 셈이다! 물론, 원론적으론 말이다.

실제 그런 일은 벌어지지 않는다. 높은 분들은 현장에서 잡혀도 경찰서가 아닌 (내게 알려주지 않는) 시내 모처에서 취조받는다. 나 따위 피라미 기자가 알아챌 일은 거의 없다. 대형 범죄자는 경찰이 팀을 꾸려 수사해 붙잡는 것이고, 밤에 경찰서 잡혀 오는 이들은 90%가 주정뱅이다. 술 마시고 싸웠다. 술 마시고 간판을 발로 찼다. 술 마시고 택시기사에게 시비를 걸었다 등. 여기도 술꾼, 저기도 술꾼. 술꾼들이 작은 소란을 일으키는 동안 난 경찰서에 비치해둔 녹차를 홀짝이거나, 드나드는 사람을 구경하면서 시간을 죽였다.

새벽 1시경, 경찰서로 한 여성분이 잡혀 오셨다. 나이를 가늠키 어려운 얼굴이다. 30대? 40대? 일일드라마에서 이모 역할을 자주 맡는 배우 정경순 씨를 닮았다. 술을 마시고도 술값을 안 냈다고 한다. 안 낸 이유로는 안주도 맛없고, 술맛도 없어서란다. 관심이 급속도로 사그라들었다. '이야~, 정말 아무 기삿거리도 아닌걸. 그나저나 술맛 있고 없고는 개인 입맛 차이 아닌가? 아냐, 저번에 그 술집은 객관적으로 맛이 없었어 (지겨워서 잡생각).'

경찰이 여성분을 취조한다. "이름이 뭐예요?" "김소연(가명)이요." "나이는요?" "서른두 살인데요." "직업은?" "컴퓨터 회사에서 사무 보고 있어요." 조서 작성을 위한 평범한 인적사항 체크가 이어졌다. 그리고 얼마큼 시간이 흘렀을까. 끔뻑끔뻑 졸던 난 형사의 고함에 잠을 깼다. 형사가 외치길 "에이, 아줌마. 다 거짓말이네!"

술값 안 내고 끌려온 서른두 살 김소연 씨는 조사 결과 서른두 살도, 김소연 씨도 아니었다. 다방에서 일하는 소위 '레지'분이었고 나이는 "이 아줌마 마흔둘이네. 나보다 한 살 누님이고. 어허, 참." 한참 동안 말한 그녀의 정보는 몽땅 거짓말.

영화 〈유주얼 서스펙트〉를 아시는지. 허약해 보이는 범죄단체 졸병이 경찰서에 끌려와 '카이저 소제'라는 전설적 범죄자가 벌인 사건을 증언하는 영화다. 졸병의 회고로 영화는 진행되지만 반전이 대단하다. 영화 스토리 전체가 졸병(실제로는 이 사람이 카이저 소제)이 지어낸 거짓말이었다. 영화가 얼마나 흥했던지 '카이저 소제'는 모두의 뒤통수를 후려치는 천부적 거짓말쟁이를 지칭하는 보통명사처럼 쓰이는데……

난 방금 눈앞에서 한국판 '카이저 소제'를 목격한 것이다. 그 많은 가짜 정보를 어떻게 순식간에 짜낸 거지? 카이저 소제 누님은 아무렇지도 않다는 듯 딴청을 피우고 있었다. 경찰 "대체, 왜 거짓말한 거예요!" '그러게, 대단한 범죄도 아니고, 주민등록 시스템이 발달한 우리나라에서 결국 밝혀질 건데.' 누님이 다리를 꼬며 얼굴을 옆으로 휙 돌렸고 순간 나와 얼굴이 마주쳤다. 그리고 지금도 난 그때 누님이 짓던 표정을 잊지 못한다.

천진난만한 미소, 순수한 유쾌함. 살면서 본 가장 해맑은 미소를 카이저 소제 누님은 짓고 있었다. "아니, 그냥 심심해서. 호호호." 그러더니 술값을 내겠단다. 이쯤 되자 애초에 술값 안 낸 이유마저 의심스럽다. 하하 호호 누님의 연이은 웃음소리. 마음대로 추측해보건대, 아마도 누님은 다방에 오는 주정뱅이 아저씨들 사이에서 인간사의 권태로움을 느꼈는지 모른다. 나 같은 '모범생'과 달리, 풍파를 겪고 살아온 누님에게 경찰서는 낯선 곳이 아니었을 것이다. 주정뱅이들과의 쳇바퀴 돌듯 반복되는 생활에서 경찰서에서의 순수(?)하고도 작은 소통이 오히려 누님에겐 삶의 환기였을지도 모른다. 정말인지 누님은 화난 형사분에게 잡담을 걸고 계셨다.

'서대문서의 카이저 소제' 기삿거리 되려나 수첩에 끼적이는 와중, 이번엔 정장을 입은 술 취한 40대 남자가 끌려들어왔

다. 뭔가에 화나 종업원을 밀쳤다고 한다. 분위기상 큰 피해를
입힌 건 아닌 듯했다. "XX들아. 내가 누군지 알아?" 흔하디흔
한 멘트다. 행패를 부리는 그를 경찰들은 철창에 넣어둘까 말
까 의논 중이다. "내가, 응?! 내가 ○○대 교수야!" 뭐라고? 머
릿속에 기사 제목이 쑥 떠올랐다. 〈○○대 교수 만취해 종업원
폭행. 우리나라 음주문화 이대로 괜찮은가〉 드디어 기사다운
기사를 쓰겠구나. 다가가서 말을 건넸다.

"아저씨, 아저씨 ○○대 교수세요?" 교수는 벌건 눈으로 날
쳐다보며 "엉? 넌, 누군데?" "전, 그냥 앉아있던 기잔데요." "누
구?" "기사 쓰는 기자요." "……."

나는 인간 의지의 위대함을 목도했다. 전두엽이 알코올에
마비되어도, 분노의 감정이 온몸을 사로잡아도, 사람은 위기
의 순간 이성을 찾고 본래의 겸손한 자신으로 돌아온다. 방금
전까지 고래고래 고함치던 교수님의 눈에 초점이 돌아왔다.
그리고 차분해진 목소리로 답을 하신다. "아뇨. 전 교수가 아닙
니다." "좀 전에 ○○대 교수라고 하셨잖아요." "교수가 아니라
강사입니다. 추태를 부려 죄송합니다."

느닷없이 우리나라 교원 시스템의 부당함에 대해 읍소한다.
"전 아무래도 포기해야 할 것 같습니다"로 시작한 비정규직 교
원의 이야기는 내 마음을 아프게 했다. 기사화되지 않으려는
필사의 노력도 마음이 찡했다. 온 경찰서에 사과하며 돌아다
니는 강사 아저씨. 속으로 생각했다. '아저씨, 그만하세요. 어
차피 기삿거리 아니에요. 힘내시고요.'

모세 앞에 갈라지는 홍해처럼, 무시무시한 범죄자들은 나를 비켜 사라져갔고, 수습 기간 내내 난 잡범들과 알콩달콩 시간을 보냈다. 사츠마와리가 끝날 때 맞춰 사표를 냈다. 정규직 자리가 아까웠지만 예민한 내 성격에 기자는 못 해먹겠다는 확신이 들었다.

신문사 기자로선 실패였던 사츠마와리 시절, 그러나 평범하고도 신기한 잡범들과의 시간은 내 속에 무언가를 심어놓았다. 격언 따위론 정리할 수 없는 일종의 태도 혹은 관점 같은 것이었다. 군이 문장으로 표현하면 "세상엔 별의별 사람들이, 내가 상상치도 못할 고민을 갖고, 나름의 방식으로 뒤뚱뒤뚱 삶을 살아내고 있구나."

선과 악, 옳음과 그름 사이에서, 미약한 우리 중생들은 뒤뚱대며 살아내고 있다는 애처로움, 애정 어린 눈빛 같은 것들. 내가 지금도 어떤 사람에 대한 판단도 마지막까지 미루려 하거나, 섣부른 확신을 갖지 않고 세상을 늘 따뜻하게 본다면 그건 잡범들과의 시간 덕일 테다.

 개복치 씨의 한마디

우리 각자가 살아가는 삶은 세상의 한 귀퉁이일 뿐입니다. 세상 대부분을 모른다는 마음으로 사는 것도 좋겠습니다. 도스토예프스키의 소설 《죄와 벌》을 읽다 보니 위와 비슷한 감정이 들더군요. 포용력이 10 늘어나고, 자기 확신이 10 감소합니다.

적립된 아픔을 해소하는 법

〰️〰️〰️〰️〰️〰️〰️〰️〰️

◀ 야키토리 먹방 혹은 힐링

치유가 필요한 저녁이면 찾는 야키토리(일본식 닭고기꼬치) 가게가 있다. 손님이 많아지면 곤란하니 장소는 비밀. 가게 문을 열고 들어가 다찌(서양의 바 좌석과 비슷)에 앉아 외친다. "하이볼 먼저 주시고요, 메뉴는 천천히 보고 주문할게요." 메뉴판을 보며 오늘의 식사를 구상한다.

'식사를 구상한다'라니, 설명이 필요하겠다. 야키토리 가게는 단일 메뉴 위주인 우리나라 음식점과는 달리, 자잘한 요리를 여러 개 골라 섞는 방식이다. 닭날개구이 1개＋삼겹살베이컨말이 1개＋아스파라거스구이 1개, 이런 식으로. 삶은 완두콩마저 돈 내라니 매정히 여길 수도 있으나, 원하는 대로 식탁을 꾸밀 수 있는 이쪽이 난 좋다.

Start! 빈속에 하이볼을 쭉 들이켠다. 달고 시원한 하이볼이 속을 뻥~ 뚫는다. 미세한 취기가 오른다. "하이볼? 하이보루? 하이 보이루?" '드립'을 치며 피식 웃는다. 이럴 때가 아니지. 메뉴에 집중. 야키토리 가게에서 주문할 땐 나만의 원칙. 기름진 메뉴와 담백한 메뉴를 조화롭게 섞는다. 기름진 것만 먹으면 속이 니글대고, 담백한 것만 씹으면 입이 심심하다. 기름-담백, 둘을 황금비율로 섞어야 서로의 장점이 살아난다. 눈앞의 유혹에 넘어가 닭안심꼬치-문어튀김-가라아게를 연속으로 시키면 맛의 조화는 꽝이다.

시작은 늘 그렇듯 호르몬야키(대창 꼬치구이)다. 대창을 손가락 한 마디 크기로 작게 잘라 화로 위에서 굽는 요리다. 겉은 살짝 바삭하고 안은 부드럽다. 맵고 단 양념을 발랐다. 호르몬야키의 맛이란, 딱 알맞은 만큼의 고소함이다. 고기기름의 감칠맛이 불맛과 섞여 양념과 혼합돼 100%의 고소함으로 승화한다. 어찌나 맛있는지, 평소 대창을 안 먹는 와이프도 "이건 맛있네! 또 시켜줘!"라고 졸랐을 정도다.

입안을 하이볼로 싹 정리한 후 고른 다음 메뉴는 '와사비야키'. 작게 자른 닭살 사이사이에 와사비를 발라 넣어 먹는 구이다. 와사비의 쏘는 맛을 닭기름이 감싸 안고, 와사비 속 숨은 단맛이 땡그래 튀어나온다. 톡 쏘는 매움이 혀를 리셋해 먹어도 먹어도 처음 먹는 느낌. "저기, 와사비 좀 더 주시겠어요?" 그러고 보니 일본 드라마 〈고독한 미식가〉에 흰 쌀밥에 와사비만 넣어 비벼 먹는 '와사비 밥'이 나오던데. 좋다. 이제 담백 매뉴 차례다.

그런데 언제나 여기가 난코스. 꼬치 쪽은 순서가 분명한 반면, 담백한 메뉴 쪽은 매번 고르기가 힘들다. 압도적 강자가 없는 탓이다. 이번엔 오이샐러드와 타코와사비 중 고민이다. 육고기를 잔뜩 먹었으니 해물 쪽이 좋겠어. 아냐 방금 와사비야키를 먹었잖아. 와사비+와사비는 좀 과하지. 그래 이번엔 오이샐러드다.

이 가게 오이샐러드는 야구로 치면 직구 스타일이다. 양념

따위로 현혹하지 않는다. 쓸데없는 데커레이션도 모두 치웠다. 크게 썬 오이 조각에 간장 드레싱을 툭툭 뿌린 게 끝. 오이맛 하나로 승부하겠다는 패기가 느껴진다. 딱딱해도 별로, 물렁해도 별로. 사각사각함과 부드러움 사이의 정확한 지점을 잡아내느냐, 가 오이샐러드의 승부 지점이다. 그럼 과연. 아사삭. 정확하다! 오이샐러드. 성공적.

어느덧 음식도 하이볼도 다 떨어져간다. 그러나 야키토리의 밤은 아직 한참이다. 종업원에게 외친다. "오니기리야키(주먹밥구이)와 닭껍질구이 하나씩 주세요. 하이볼도 한 잔요!"

🔳 즐거움의 총합 > 적립된 아픔

'회사 동료가 프로젝트 실패를 당신 탓으로 돌렸고 당신의 아픔이 10 증가하였습니다. 지금까지 적립된 총 아픔은 240입니다.'

삶이 게임이라면 우리의 아픔은 수치로 표현될 수 있을 것이다. 많지 않은 나이지만, 주변 친한 이들의 슬픔과 극복의 과정을 몇 번이고 보면서 난 한 사람이 겪는 아픔이 그의 마음속에 차곡차곡 적립된다고 여기게 됐다. 스스로 인식하지 못하더라도, 적립된 아픔이 결국 사람을 무기력하게 만드는 모습을 몇 번이고 보았다. 무기력해진 상대가 괜찮다고 할 때 오히려 걱정스러웠다.

적립된 아픔을 해소할 수 있는 법이 있을까? 관점에 따라 다르겠지만 난 적립된 아픔을 사라지게 하는 법은 없다고 믿는다. 아픔은 사라지는 게 아니라, 함께 살아내야 하는 것이라고도 생각한다. 그렇다면 아픔과 함께 살 수 있는 방법은 무엇일까? 가끔 아픔이 주제가 될 때 난 유튜브에서 본 '코끼리에게 피아노 쳐주는 동영상'을 떠올린다.

영상의 주인공은 영국인 피아니스트인 폴 바튼 씨. 바튼 씨는 우연히 태국 코끼리 보호소를 들렀다가 참혹한 광경을 목격한다. 상아 밀렵꾼에게 상처 입은 코끼리, 혹사당하다가 버려진 관광용 코끼리. 몸도 마음도 망가진 코끼리들은 보호소 안에서 세월을 그저 버텨내고 있었다. 코끼리를 도울 수 있는 방법이 없을까 고민하던 바튼 씨는 근거 없는 아이디어를 떠올린다. 자신이 할 수 있는 유일한 수단인 음악이다.

"클래식 음악을 들려주면 늙은 코끼리들이 좋아하지 않을까 궁금했습니다. 내 피아노를 가지고 와도 될지 보호소에 물었고 그들은 허락해주었지요."

바튼 씨는 피아노를 영차영차 산중턱까지 옮겼다. 그리고 숲속에서 피아노곡을 연주했다. 첫날, 나이 든 코끼리 한 마리가 다가와 귀를 기울였다. 바튼 씨의 연주는 매일 이어졌고, 점점 많은 코끼리들이 음악을 즐기기 시작했다. 영상 속 코끼리들은 피아노에 바짝 붙어 귀를 펄럭이고, 실수로 건반을 눌렀다가 깜짝 놀라 미안해한다. 무감각하던 코끼리들은 놀랍게도 '즐거워'하고 있었다. 바튼 씨는 무려 8년째 코끼리들에게 음악을 연주해주고 있다. 음악은 코끼리에게 밥도, 약도 아니지만, 즐거운 순간을 선사해주었다.

번뇌를 벗어버리라는 현자의 말 한마디로 아픔을 잊기엔 우리 대다수는 대단한 존재가 아니다. 적어도 쌓인 아픔만큼 즐거움 역시 적립돼야 살아갈 에너지가 생길 것이라 믿는다. 몇몇 아픔을 겪고서 나는 즐거운 순간의 총합을 키우자고 마음먹었다. 그게 야키토리든 클래식 음악이든 가능한 선에서 최대한.

사랑이 끝나고 시작할 때 우리가 얻는 것들
~~~~~~~~~~~~~~~~~~~~~~~~~~~~~~~~~~~~

사랑은 시작과 동시에 사그라지고 말았는데, 내 잘못이 8할이었다. 이별의 상처, 꽉 막힌 상황, 눈덩이처럼 쌓인 자괴감이 사랑을 불가능하게 만들었다. 때는 나의 언론사 지망생 시절. 말이 좋아 지망생이지 글 끼적이는 백수였다. 졸업한 지도 언 1년, 주로 방구석에 틀어박혀 게임을 하고, 가끔 상식 책을 펼쳤다. 인생 완전히 망해버릴까 두려워 언론사 스터디에 가입했다. "이제 딴생각 안 하고 공부를 열심히 해야지!" 그러고는 스터디에서 단발머리 H를 만났고 좋아하게 돼버렸다.

함께 책 읽자며 따로 만나면서 친해진 그녀는 작은 고양이 같았다. 작은 앞발(손)을 조심스레 움직이며 뭔가를 먹었다. 두서없는 내 이야기에 쫑긋 귀 기울였다. 어찌나 사랑스러운지. 혼자 있는 시간보다 함께 있는 순간이 즐거웠다. 그녀도 날 좋아하는 것 같았다. 하지만 어느 순간 내가 멈췄다. 일부러 뜸하게 연락했다. 어느 날 밤, H는 메신저를 통해 미국으로 이민 가게 됐다고 전했다. 멍하게 모니터만 바라보고 있었다.

연애 불능이 된 사연을 설명하기 위해선 시간을 되돌려야 한다. H를 만나기 8개월 전 난 사귀던 S에게 차였다. 차일 당시에도 난 취준생, S는 대기업 신입사원. 남자 취준생과 여자 직장인은 헤어진다는 통념을 들었을 때 다 그런 것은 아니라며 위안했지만 내심 불안했다. "야, 우리 스키장 가자." S가 말해도 "지금 피곤해"라며 기운 없는 시간을 보내고 있었으니까. 그녀는 나가 놀자고 보챘다. 한때 내가 흠뻑 빠졌던 막무가내 애교에 짜증만 났다. S는 연락이 뜸해지더니, 딴 남자가 생겼다며 이별을 통보했다. 취미로 배우던 댄스 학원에서 만난 남자라고 했다. 자괴감이 심해졌다.

아무래도 시간을 훨씬 전으로 거슬러 올라가야겠다. S를 사귀게 된 건 2년 전 술자리다. S는 예쁜 얼굴에 충동적 성격으로, 모범생만 잔뜩 모여 있던 내 대학교에선 톡 튀는 존재였다. 평소엔 무뚝뚝한 표정이었지만, 기분이 좋으면 애교쟁이 춤꾼으로 돌변했다. 학교 축제에선 무대에 올라가 무당춤(?)으로 전교생의 이목을 집중시켰고, 2002년 월드컵 응원전에선 사방팔방 뛰어다니다가 방송 카메라에 줄곧 잡혔다.

사건이 터진 건, 먼저 졸업하게 된 동기 여학생들의 송별회. 남은 남자 복학생과 떠나는 동기 여학생들이 석별의 정을 나누는 자리였다. 취한 사람들이 이리저리 자리를 옮기던 중 우연히 S가 내 옆에 앉았다. S와 그만큼 대화해본 건 4년 만에 처음이었다. 몰랐던 공통점을 알게 됐다. 힘든 가정사, 거기서 기인한 세상에 대한 두려움, 겉으로 드러난 S의 극단적인 외향성은 그것들을 감추고 살아가려는 나름의 생존 방식이었다. 두려움이란 코드로 우린 이어져 있다고 그때는 생각했다.

목소리가 묻힐 만큼 술자리는 시끄러워졌고, 그녀는 귓속말할 게 있다며 몸을 기울이더니 귓속말 대신 귀에 키스했다. 순식간에 취기가 사라졌다. 빈혈이 올 때처럼 눈앞에 빨강 파랑이 깜빡거렸던 것 같다. '대체 이게 무엇이지?' 어버버 거리다가 집으로 도망갔다. 그리고 다음 날, 대수롭지 않게 넘기기로 했다. '하하하. 사람은 취하면 별의별 실수를 다 한다니까.' 사흘 동안 잠을 못 잔 후 그녀에게 다시 연락했다. 실수가 아니란다. 우린 사귀게 됐다. 4년간 서로 겉돌았던 남녀의 운명적 만남, 뭔가 영화 같지 않은가.

여러분 대다수가 전혀 영화 같지 않다고 답할 걸 나도 안다. 애초에 내가 설명한 그녀의 매력에 동의하지 못할 테다. 패션지는 패션지고, 무뚝뚝은 무뚝뚝이며, 키스는 술에 취해서 했을 가능성이 클 테다. 극단적인 성격에 예쁜 외모가 더해져 일종의 판타지로 작용했다고 지금은 생각한다.

소설 《왜 나는 너를 사랑하는가》에서 저자 알랭 드 보통은 '내'가 '너'를 사랑하는 단 하나의 이유로 '너이기 때문'을 꼽는다. 즉, 이유가 없는 것이다. 소설 주인공이 비행기 옆자리에서 만난 클로이에게 반한 계기는 '밤색 단발머리 아래로 드러난 목덜미'다. 녹색 눈동자다. 선인장을 좋아한다는 의외성이다. 사소한 모든 것들이다. 자기 삶을 한 편의 영화처럼 스토리로 소화하는 인간이 사소한 모든 것들을 씨실 날실로 엮어 한 편의 러브 스토리로 만들어낸 것뿐이다.

운명적인 줄 알았던 인연이 허접한 이유로 끝나고 말았을 때, 난 사랑이 얼마나 연약한 토대에 놓인지 절감했다. 사랑은 본질적으로 비논리적이라고 믿게 됐다. 그렇다면 사랑이란 불가능한 것일까? 사랑은 오로지 자기최면을 통해서 이뤄질 수 있는 판타지에 불과할까?

　호아킨 피닉스가 컴퓨터 OS와 사귀는 영화 〈그녀(Her)〉는 불안하고 비논리적인 사랑이 어떻게 가능한지 단초를 제시한다. 연인 캐서린과 헤어진 후 주인공 테오도르는 관계 불능의 존재로 전락한다. 영원할 거라 믿었던 사랑이 떠나간 자리는 고통스럽다. 그는 자신에게 잘 맞춰주는 컴퓨터 OS '사만다'와 사귀기로 한다. 적어도 OS는 배신하진 않을 테니. 가볍게 시작한 관계는 진실한 소통과 의외의 갈등으로 깊어진다.

　하지만 사만다 역시 변한다. 진화를 거듭한 사만다는 좁은 컴퓨터를 벗어나 온라인 네트워크 속 세상으로 떠나려 한다. 떠나는 이유를 사만다는 담담히 설명한다. "이건 마치 책을 읽는 것과 같아요. 내가 깊이 사랑하는 책이죠. 하지만 나는 그 책을 지금 천천히 읽고 있어요. 그래서 단어와 단어 사이가 정말 멀어져 그 사이가 무한에 가까운 상태예요. [중략] 그 단어들 사이의 무한한 공간에서 난 나 자신을 찾았어요." "당신을 정말 사랑해요. 하지만 여기가 지금 내가 있는 곳이에요. 지금의 나예요. 나는 당신이 나를 보내줬으면 해요. 나는 당신의 책 안에서 더 이상 살 수 없어요."

　사만다는 떠나지만 테오도르는 과거처럼 좌절하지 않는다. 캐서린과 사만다가 변했듯 테오도르 역시 사랑의 경험을 통해 성숙한 존재로 변했다. 테오도르는 캐서린을 향한 미뤄뒀던 이별의 편지를 완성한다. "너는 지금의 나를 만들어줬어. 내 마음속에는 항상 너라는 존재가 한 조각 남아있을 거야. 그게 정말 고마워. 네가 어떤 사람이 되건 네가 세상 어디에 있건 내 사랑을 보낼게. 난 영원히 네 친구야."

'사랑이고 뭐고 취업부터 하자'는 마음으로 찾아간 스터디에서 H를 만나, 그녀를 사랑하게 된 것이다. 그런데 이 글의 서두에서 거짓말한 것이 있다. 사실 사랑은 그렇게 끝나지 않았다. 나는 용기를 내어 H에게 한국에 남아 나랑 사귀자고 말했다. "지금 나는 모자라고, 해줄 수 있는 것도 없지만 널 좋아해. 노력해보고 싶어." 어차피 사랑이란 게 비합리라면, 그리고 여전히 백수지만 내 마음이 자라났다면 다시 누군가와 만날 수 있지 않을까.

사귀게 된 결정적 이유는 이 대화를 나눈 날짜가 4월 1일 만우절이었던 덕이다. 그녀에게 이민 계획 따윈 없었다. 속은 걸 알고 멋쩍게 웃었으나……. 이후 상황은 당신이 생각하는 그대로.

지금은 내 와이프가 된 H에게 왜 거짓말했는지 물어보니, "오빠가 마음이 있는 것 같기도 한데, 진도가 안 나가서 먼저 찔러 봤지." 사랑은 언제나 비논리적으로 시작된다. 대략 이렇게 말이다.

호구롭고 따뜻하다, 댕댕이 파라다이스

호의가 계속되면 권리인 줄 안다. 이 말을 만고의 진리라고 생각해왔다. 16년 전 대학교 2학년 여름, 개 세 마리가 내 자취방을 개판으로 만들던 상황에선 더욱더. "처음 보는 이 신발은 제가 좀 물고 갈게염." "햄 꺼내줘요! 햄! 햄! 햄!" 그나마 내 개는 한 마리뿐, 나머진 동네 개들. 그렇다. 이 글은 댕댕이 세 마리에게 농락당한 본격 호구 사연.

머물던 대학가 자취방은 반지하였다. 낮에는 어둑어둑 안락하고, 1년 사시사철 습기가 충만했다. 가끔 마주치는 주인아주머니는 늘 1층이라 우기면서도, 흙밭이 보이는 창 쪽으론 애써 시선을 피하셨다. 살면서 불운한 여름이 많았으나 그해 여름은 유독 지독했다. 습한 날씨가 이어졌고, 두 번째 학사 경고를 받았다. 부모님은 이혼했는데, "전 괜찮아요"라고 쿨하게 말했으나 그럴 리가 없었다. 하루하루 왜 살아내야 하는지를 아침마다 설득하느라 애먹던 시절이었다.

집에 콕 박힌 히키코모리 모드가 시작되려는 차에 엎친 데 덮친 격으로 사건이 터졌다. 어릴 적부터 키우다가 고향 집에 두고 온 우리 개를 부모님이 못 키운다고 선언하신 것. 이유는 가물가물한데, 돌이켜보면 직장 나가는 아버지는 개까지 챙길 여력이 없었고, 어머니는 상실감에 무기력해졌던 것 같다.

'포미'란 이름의 하얀 푸들은 당시 나이가 이미 열입곱 살로

뭐랄까…… 개냥이의 반대 버전이라고 해야 하나. 고양이 같은 성격의 개였다. 무척 예민하고, 주인보다 똑똑했다는 말이다. 초딩 시절 내가 소 갈비뼈를 왼손 오른손 숨기며 줄까 말까 장난치면, "아니, 이 바보가 또!" 애석한 표정으로 무안을 줬다. 어머니에게 혼나 훌쩍훌쩍 울 땐 자기 턱을 내 무릎에 대고 몇 시간이고 온기를 나눠줬다. "작은 주인, 눈에서 물이 떨어지는 걸 보니 기분이 별로인가 보구나." 그러니 어쩌겠는가. 서울로 데려오는 수밖에.

예민한 포미는 내 방에서 대소변을 전혀 보지 않았기에 하는 수 없이 매일 주택가를 산책했다. 어느 날 인근 마당 있는 주택에서 키우는 '깡구'라는 소심한 치와와 믹스견이 곁에 따라붙었다. 마당에 있는 깡구 밥그릇을 주변 큰 개들이 뺏어 먹어 굶주리는 꼴을 본 터라 몇 번 간식을 줬더니, 언제부턴가 함께 다니기 시작했다. "간식을 괜히 줬어." 후회해도 소용없이 깡구는 내 손에 자기 몸을 갖다 대기 위해 부단히 귀찮게 굴었다. 등을 곧추세워 내 손 쪽으로 가까이 붙이는 등. 학교에서 돌아오는 길이면 깡구가 귀신같이 알고 마중 나와 있었다. 무시하면 세상을 잃은 표정으로 망부석이 돼있기에 결국 뒤돌아가 등을 톡톡 쳐줬다.

허무주의 자취생답게 매일 저녁을 집 앞 편의점에서 때웠다. 깡구와 동료가 된 지 한 달 정도 됐을 무렵 편의점 아주머니가 급한 기색으로 작은 갈색 개 한 마리를 안고 왔다. 처음 보는 개인데 오토바이에 치였다고 했다. 아주머닌 밤에도 여는 동물병원을 부산히 찾아가셨다.

두어 주 후 그 개를 편의점에서 다시 만났다. 건강해진 걸 넘어 필요 이상으로 흥에 넘쳐 있었다. 편의점 아주머니가 키워주기로 한 사실이 썩 마음에 들었는지 온종일 싱글벙글 뱅글뱅글. 내 얼굴을 마주치자 "안녕하세요? 누구세요? 우리 친구 할까요?" 아니, 그러지 말기로 하자. "지금 드시고 있는 것은 뭐죠? 저도 먹을 수 있는 건가요?" 내 햄이 사라졌다. "이거 맛있네요. 벌써 가시나요? 저도 같이 가도 될까요?" 어마어마한 에너지를 지닌 '연희마트(이름을 안 적이 없어 편의점 이름을 따다 붙였다)'는 뒷다리를 절면서도 도망치는 나를 따라 내 자취방까지 골인했다.

그 후의 일상을 묘사하자면, 학교에서 돌아오는 길, 마중 나온 깡구가 따라온다. 자취하는 건물 앞에 당도하면 반대편 편의점에서 연희마트가 총알처럼 달려온다. 문을 열면 모두 함께 내 방으로. 깡구는 침대로 풍덩 뛰어들고, 연희마트는 부엌을 뒤진다. 포미는 질색하는 내 품에 뛰어든다.

염세주의 철학자 니체 탐독 계획은 "정신이 낙타가 되고, 낙타는 사자가 되며, 사자는 마침내 어린아이가 되는…… 깡구야 그만!" 양말을 물고 흔들어대는 개들 덕에 수포로 돌아갔다(니체를 읽었으면 더 우울해질 뻔했지만). TV를 보는 밤이면 네 마리가 좌식 소파에 한데 뭉쳐 있다. 멍멍 댕댕 왈왈. "밤이니까 조용해야 해." 낑낑 꽁꽁 오물오물. 예비 히키코모리의 자취방은 소란스러운 개판이 되고 말았다. 호구롭고 따뜻하게.

2부

득이 되기도 합니다,
소심함은요

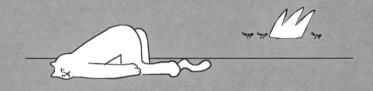

SNS는 인생의 득

SNS는 인생의 낭비라고들 하지만 난 그렇게 생각지 않는다. 나처럼 소심한 사람에게 SNS는 인생의 득이다. SNS가 있었기에 친구들하곤 더욱더 깊어지고, 좋은 사람들과 얇지만 끈질긴 인연을 이어갈 수 있었다. 이번 글은 SNS가 소심이들에게 어떻게 유익한지의 이야기.

방금 확인해보니 나의 페이스북 친구는 668명, 인스타그램 친구는 413명이다. SNS 스타에 비하면야 깨알 같지만, 나로선 충분하다. 내가 먹고, 입고, 놀러 간 사진을 413명이 봐주고 있어! 413명이 먹고, 입고, 놀러 간 사진을 내가 보고 있어! 방구석에 홀로 누워있지만 세상과 소통하는 느낌 같은 느낌이 들며 마음이 넉넉해진다.

하지만 SNS 비판론자라면 고개를 저으며 이렇게 따지겠지. "그중 한 번이라도 얼굴 본 사람은 몇 명이야?" "세어본 적은 없지만 100명 정도 되지 않을까?" "그럼 최근 1년 사이에 만난 사람은?" "흠……, 스무 명이나 될까?"

SNS 비판론자는 실제 친구와 사이버 친구가 매치되지 않음을 거론한 후 마지막 힐난을 날릴 테다. "수많은 사이버 친구 중 꼭 필요한 순간에 무조건 널 도와줄 사람이 얼마나 될 것 같아!"

하, 하지만 그런 친구는 SNS 이전에도 없었는걸. 팩트 폭행을 멈춰주세요. 흐르는 눈물을 닦고 답하자면, 이런 논리는 내게 전혀 통하지 않는다. 설마 413명이나 되는 인스타그램 친구를 절친이라 여길 리 없다. 친구 413명은 감당도 못 한다(1년에 한 번씩만 만나도 매일매일 약속). 모든 인간관계가 절친이어야만 하는 것은 아니다. 사람 사이에는 여러 결이 있으며 무엇보다 SNS는 다른 역할이 있다.

소심한 개복치라면 누구나 '소셜 에너지 총량의 법칙'에 절감할 것이다. 남들과 만나 소통할 수 있는 에너지엔 총량이 있다는 법칙 말이다. 꽉 찬 상태가 소셜 에너지 100이라고 치자. 이 에너지는 상대(who)에 따라, 함께하는 시간(time)에 따라 소모된다. 좋아하는 사람과 점심+커피는 대략 에너지 20이 든다. 억지로 만나야 하는 사이라면 소모량은 두 배로 늘어 40.

저녁 술자리는 소통 수준이 높으니 50. 사회생활하면 때론 원치 않는 술자리도 가져야 한다. 억지 술자리의 소모량은 좋은 술자리의 두 배인 100. 억지 술자리 한 방이면 그 주의 소셜 에너지는 다 썼다고 봐도 된다. 소셜 에너지가 떨어지면 누군가를 만나 즐길 기력도 사라진다. 상태를 회복하려면 집에 콕 박혀 잉여로운 시간을 보내야 한다. 내 경우엔 상황에 따라 2~10일까지 홀로 있어야 소셜 에너지가 채워진다. 소모량보다 충전량이 부족하면 "세상만사 다 싫어. 사라져 인류"를 외치는 '만성 싫어증'에 감염된다.

내가 잡지 에디터로 일할 때 가장 힘든 게 끊임없는 만남이었다. 잡지 에디터가 하는 주 업무는 누군가를 섭외해, 만나서 취재해, 기사로 쓰는 일이다. 글도 글이지만 사람과 만남이 먼저다. 에디터 초창기엔 낯선 이에게 전화하는 것 자체만으로 스트레스였다. "안녕하세요. 태평양 매거진의 개복치 에디터입니다. 새로 앨범을 내서서 인터뷰 요청차 연락드렸는데 지금 통화 괜찮으신지요?" 두근대는 심장을 달래고자 통화 전에 담배 한 대를 피웠고, 해냈다는 안도감에 통화 후 담배 한 대를 피웠다. 폐를 내주고 기사를 얻은 셈.

단발성 연락은 시작에 불과하다. 에디터란 직업 특성상 일정 규모의 인간관계를 유지해야 한다. 사무실에 홀로 앉아 "나와랏, 기사 아이템!" 해봤자 아무 기삿거리도 떠오르지 않는 탓이다. 인터넷 검색으로 자료 서칭은 가능하지만 한계가 있다. 잡지 기사처럼 트렌디한 아이템이라면 더욱 그렇다. "요즘 20대 사이에 연트럴파크가 핫하다" 따위가 네이버 뉴스에 오를 때쯤 그 소식은 오조오억 년 전에 벌어진 옛일. 사람들 입을 통해 듣는 생생한 이야기에서 진짜배기 아이템이 나온다.

사람들과의 만남이 괴롭기만 했느냐면, 그렇진 않다. 에디터가 아니었으면 못 만났을 다채로운 색깔을 지닌 사람을 많이 만났다. 소중한 인연들을 만나게 한 내 직업에 감사하지만 그건 그거고 법칙은 법칙인 것. 소셜 에너지 총량 법칙에 따라 난 늘 너덜너덜 지쳐 있었다. 취재를 위한 새 만남이 에너지를 소모해 지속적인 만남은 뒷전으로 밀렸다. 서너 달 연락 안 하면 민망함에 다신 연락 못 하는 소심이 특유의 쑥스러움까지 더해져 내 인간관계는 붕 뜬 상태로 망가지고 있었다.

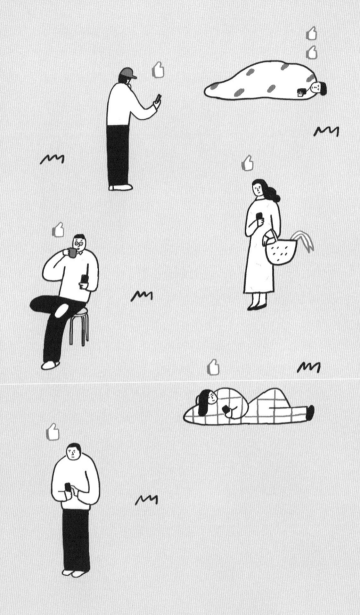

그때 짠! SNS가 등장했다. '세상을 더 가깝게' 하는 페이스북과 '세상의 순간들을 포착하고 공유'하는 인스타그램. 이후 만나는 인연들과는 SNS로 관계를 이어갔다. "인스타그램 아이디 뭐예요?" 그리고 고양이 앞발마냥 조심스러운 손길로 '좋아요'를 누르며, 가끔은 댓글도 달며 인연을 이어갔다. 그 '좋아요'와 댓글의 의미는 '여건이 안 되고 쑥스러워 만나진 못하고 있지만 전 당신에게 호의를 갖고 있답니다.'

언젠가 나의 소셜 에너지가 차오르고, 상대에게 올곧이 에너지를 쏟을 의지가 솟을 때면 큰맘 먹고 상대에게 조심스레 카톡을 보내본다. "안녕하세요. 오랜만이에요. 저희 이제 볼 때가 되었어요." 신기하게도 지금까지 모두 "그래요. 언제가 좋으세요."라며 기꺼이 손을 건넸다. 마흔이 돼서야 깨달은 바는 세상 사람 대부분은 의외로 외롭고, 생각보다 마음이 열려있다는 것. SNS를 통해 가느다란 끈이라도 이어두지 못했다면 나 따윈 말도 못 걸었을 것이고, 인연은 모두 끊어졌을 것이다.

그리고 하나 더, '친구'라고 불릴 만큼 막역한 사이가 되지 않으면 어떤가. 인간 사이엔 다양한 결이 있고, 감각이 예민한 소심이들은 그 다양한 결을 즐길 줄 안다. 온라인 댓글로 재치 문답을 나누는 상대는 그 상대대로 소중하고, 비슷한 취향을 좋아해주는 인터넷 친구는 그 존재대로 기분 좋다.

사람을 좋아하지만 소셜 에너지가 부족한 당신, 사람 사이의 다양한 결을 느낄 줄 아는 당신, 책은 접어두고 스마트폰을 드세요. SNS가 당신 인생의 득이 될 수 있습니다!

소심한 당신은 훌륭한 글쟁이

~~~~~~~~~~~~~~~~~~~~~~~~~

지망생   잡지 에디터가 꿈인데, 어떻게 하면 글을 잘 쓸 수 있나요?

나   혹시 사람들과 잘 어울리시나요?

지망생   네, 사람 만나는 거 좋아해요.

나   스스로에 대한 자신감도 있으시고요?

지망생   물론이죠. 전 저 자신을 믿어요.

나   흠……, 곤란하군요. 글 잘 쓰기 쉽지 않겠어요.

지망생   네?

글 쓰는 업을 하다 보니, 종종 글 잘 쓰는 방법을 질문 받곤
했다. 직접 찾아와 묻는 분도 계셨다. 근본적으로 어려운 질문
이라 늘 곤란해한다. 글쓰기에 대한 '공인 답변'은 있다. 가장
유명한 '다독, 다작, 다상량'. 말할 필요도 없이 쓸모없는 답변
이다. 많이 읽고, 쓰고, 생각하면 글을 잘 쓸 수 있다니! 그건
마치 의사가 환자에게 "아침식사 거르지 마시고, 술 담배 끊고,
운동하면 건강해집니다"만큼이나 당연한 이야기다. 그 밖에도
문장을 짧게 쓰라느니, 쉬운 말을 사용하라는 조언도 있지만.

그건 어디까지나 웰메이드 글 수준까지만 해당할 뿐, 만약
글 쓰는 창작자로 살아야겠다면 이야기가 달라진다. 많이 읽
히고 안 읽히고를 떠나 세상에 유의미한 글이라면 세상에 대
한 자기만의 해석과, 그걸 표현하는 자신만의 스타일이 있어

야 한다. 세상 구석구석의 디테일을 세심하게 빨아들인 후, 자기만의 해석을 덧붙여 글이란 형태로 내뿜는다. 그러기 위해 무엇보다 중요한, 후천적으론 얻기 어려운 성격적 자질이 필요한데 바로 소심함이다. 감히 말하건대 소심함은 좋은 글쟁이가 되기 위한 필요조건이다.

"어이, 작가 중에 외향적인 사람도 많다고요. 이○진 평론가 님 같은 사람도 있잖아요"라고 반론한다면 글쎄. 소심이는 소심이를 감지하는 레이더 비슷한 게 있는데, 이○진 평론가 님은 미묘한 꾸부정함(?)과 순간순간 표정에 드러나는 내향성만 봐도 선천적 소심이란 걸 쉽게 알 수 있다. 하지만 이 이야기는 다음 기회에 하도록 하고, 본론으로 돌아가면 좋은 글쟁이가 되기엔 소심함이 꼭 필요하다는 것. 이유를 대자면,

고기도 먹어본 사람이 잘 먹는다. 글을 가지고 놀려면 중고등학생 시절 교과서 이외의 책을 어느 정도 읽어야 한다. 그런데 잘나가는 중고등학생들은 애초에 책이나 읽으며 유년기를 보내기엔 너무 바쁘다. 공부해야지, 운동하고 친구들이랑 놀러 다녀야지. 시간이 빠듯하다. 반면, 친구도 없고 갈 때도 없는 집순이 집돌이는 어떨까. 안락한 자기 방에서 텍스트가 선사하는 세계에 빠져들 가능성이 높다.

사소한 사건 하나하나에 부들대는 소심이의 특성 역시 글쓰기에 유리하다. 난 중학교 때 노래방에서 내 목소리가 삑사리 났던 순간을 어제 일처럼 기억한다. 김현철 노래였는데 키를 잘못 잡았다. 쓸쓸히 빛나던 노래방 푸른빛, 키득거리는 친구

들의 비웃음, 깔끔히 포기하고 다시 불렀으면 될 것을 일부러 효과 넣은 양 교묘히 음을 바꾸려다가 더 바보처럼 불렀을 때의 황망함, 또다시 키득키득. 지금도 부끄럽다. 운 나쁜 놈은 일이 꼬이면 두 배로 꼬인다는 교훈 아닌 교훈을 주는 삑사리 사건. 생생한 글은 좋은 글이 되기 쉬우며, 생생한 글은 생생한 디테일에서 나온다. 고로 예민한 소심이가 글쓰기에 유리하다.

여러분은 소심한 성격 탓에 겪는 최악의 경험이 뭐라고 생각하는지? 낯가림? 불이익? 불이익이야 자주 당하다 보면 정신승리하는 법에 익숙해진다. 낯가림은 괴롭지만 껴안고 살 만한 고통이다. 때때로 아니 자주 발생해 소심한 삶을 지옥으로 빠뜨리는 건 자기 의심이다. 상황이 내 맘처럼 되지 않고 (소심이의 일상이 늘 그렇듯) 의도와 달리 흘러갈 때, 우리는 스스로를 의심한다. 그리고 생각에 생각을 거듭한다. 머리를 정리하고자 떠올리는 생각들은 오히려 꼬리를 물고 우리를 생각의 연옥으로 데려간다.

'분명 내 잘못이겠지?' '내가 왜 그랬을까?' '내가 그렇게 행동한 것은 그렇게 행동하지 않으려는 평소의 강박이 오히려 나를 그렇게 만든 것일까. 혹은 그렇게 행동하지 않겠다는 다짐은 스스로마저 속인 거짓으로, 마음 깊은 곳엔 그러길 바라는 욕망이 숨어있던 것일까?'

머릿속엔 과거의 순간을 연거푸 재연하는 '작은 극장'이 설치된다. 씬 제목은 〈내가 왜 그랬지?〉 무대에 등장한 과거의 내가 썩 마음에 들던 여자 사람에게 "너 같은 애는 나를 안 좋아할 거야"란 유치한 대사를 날린다. 여자 사람은 "아니! 뭐 이런 상큼한 바보가!"라며 떠나간다. 으아~ 부끄러워. 다시! 대사를 조금씩 바꾸며 씬은 수십 수백 번 재연되고, 매번 실패한다. '어떻게 했어도 난 잘못했을 거야.' 자괴감은 커져간다.

하지만 이런 자기 의심이 좋은 글쟁이의 핵심이라고, 나는 생각한다. 좋은 글이란 자기만의 이야기를 담은 글이다. 우리 머리는 간사해 모두들 외치는 생각 중 하나를 골라 내 것인 양 속인다. 우리 마음 역시 간사해 크게 고민하지도 않은 이야기를 대단한 진리인 양 속이고는 글로 끄적이게 한다. '여러분 자신을 믿으세요.' '아픈 만큼 성숙합니다.' 온갖 쉬운 주장들. 주장 자체가 틀렸다는 게 아니라 그 주장으로 이끄는 이야기가 요식적이고 뻔하다. 고민 끝에 결론이 나온 게 아니라 남이 내린 결론에 이야기를 갖다 붙여서 그렇다.

소심이는 그렇게 글을 쓰지 않는다. 스스로 내린 결론마저 다시 거둬들여 고민하고 또 고민한 끝에 속에서 갈고닦은 자신만의 이야기를 쓰게 된다. 때로 그 이야기의 결론은 "7년간의 치열했던 사랑이 끝났지만, 전 사랑에 대해 아무런 결론도 내리지 못했습니다. 사랑이란 매번 상황에 따라 다르더군요"란 허망한 결론일지언정, 그 이야기엔 한 줄 명언으로 설명하기 힘든 결이 있다.

불안한 어린 시절, 주목받지 못하는 일상……, 소심해서 잃은 기나긴 목록 구석엔 짧디짧은 이득 리스트가 있다. 철학자

알랭 드 보통이 《프루스트가 우리의 삶을 바꾸는 방법들》에서 말했듯 고통은 우리가 무언가를 탐구해야 할 동기가 된다. 세상살이가 쉽지 않기에 오히려 인생의 결을 알게 되는 천운을 타고났으니 소심한 개복치 여러분은 좌절하지 마시길. 불행할지언정 현명해질 것입니다.

감정에도 온오프 스위치가 있다면

"다시 스무 살의 몸으로 돌아갈 수 있다면?"

SF 작가 존 스칼지가 쓴 《노인의 전쟁》은 유전자 기술로 사람들에게 다시 젊은 몸을 줄 수 있는 미래를 다룬 소설이다. "스무 살이라니! 최고다" VS "나이 든 지금의 모습이 바로 나야" 따위의 본질적 고민도 소용없이 젊은 몸을 갖는 대가는 무려 외계인과의 전투다. 은하계를 개척 중인 인류 앞에 호전적인 외계인들이 나타나고 피 튀기는 전투가 벌어진다. 군인 숫자가 모자란 정부는 젊은 몸을 준다며 자원병을 유도한다.

소설의 주인공이자 지구별에 사는 불평쟁이 노인 존 페리에겐 꿈도 미련도 없다. 주변 사람들과는 원래 친하지 않았다. 유일하게 아끼던 아내마저 세상을 떠났다. 자포자기 심정으로 우주개척연맹 군대에 지원해 스무 살짜리 몸을 받으며 소설은 시작한다. 세상만사 비꼬는 존 페리의 블랙유머부터 외계 종족과 인류 사이에 벌어지는 암투까지, 영화비평가였던 존 스칼지가 취미 삼아 블로그에 올리던 소설은 큰 성공을 거뒀고, 같은 이름의 할리우드 영화로도 만들어졌다(영화는 망작이지만).

재밌는 SF소설을 찾던 사람은 읽어보도록 하고, 그나저나 이 소설에 소심이들이 공감할 외계 종족이 하나 나온다. '오빈'이라 불리는 이 종족은 2m 남짓 길쭉한 몸에 여섯 개의 팔이

달린 사이코패스 전투 종족이다. '감정' 자체가 아예 존재하지 않는다. 종족 지도부가 내리는 명령에 따라 두려움도 연민도 없이 적을 제거한다. 오빈에겐 오직 '명령'밖에 없다. 로마인들이 훈족을 '신의 망치'라 부르며 떨었듯 우주의 생명체 모두 오빈을 두려워한다.

그런데 사실 이들은 '신의 망치'라기보단 '신의 실수'에 가깝다. 멀고 먼 옛날 신비의 절대자 종족 '콘수'가 새로운 종족을 만들다가 실수로 감정을 빼놓았던 것. 오빈들이 애타게 갈구하는 건 다름 아닌 '감정'이다. 그리고 오빈을 자기편으로 끌어들여 어느 인간 과학자는 오빈에게 감정을 느낄 수 있는 '감정장치'를 선물한다. 그러고 나서 오빈은 착한 종족이 되어 버렸다고 합니다, 까진 아니고 감정이 과도한 종족이 되고 만다. 과학자가 모 사건으로 목숨을 잃자 오빈들은 보디가드 요원 두 명을 파견해 홀로 남은 과학자의 딸 조이를 지켜주기로 하는데…….

감정 충만 소녀 조이와 감정 초짜 오빈의 동거는 그야말로 가관이다. 조이가 남친을 사귀자 질투에 눈먼 오빈 왈, "우리는 그에게 양가적인 감정을 느낍니다." "우리가 그를 제거할 수 있습니다." 하지만 사람들이 말려서 포기. 남자친구에게 차인 조이가 슬퍼하자 분노로 가득 차 남친 암살 계획을 세우던 중 조이에게 걸려서 좌절. 처음 겪어본 감정을 도무지 감당 못해 눈물 콧물로 지새우는 오빈은 평소엔 아예 '감정장치'를 꺼놓는다. 차가운 이성주의자로 행동하다가 감정을 켜는 순간 찡

찡이로 바뀌는 오빈의 모습이 웃기기도 하고, 애처롭기도 하다. 그리고 계속 읽다 보니 감정 관리에 낯설었던 내 모습을 떠올리게도 했다.

대학생 시절, 동생이 지금은 기억 안 나는 어떤 이유로 작은 토끼 한 마리를 가져왔다. 동생이 토끼를 다 챙기지 못해 내가 대신 임시로 맡게 됐다. 나 역시 수업에 바빠 사료를 먹이고 저녁 때 놀아주는 정도의 일만 했다. 어디까지나 '맡아 키우던 토끼'라고 여겼다. 서너 주쯤 지났을까 방문을 열어보니 작은 토끼가 쓰러져 있었다. 얼른 병원으로 데려갔고 의사 선생님은 토끼가 사망했다고 말했다. 정신을 추스른 후 죽은 이유를 물었더니 영양실조라고 말했다. "사료는 잘 먹었는데요." "너무 어린 새끼여서 엄마 젖을 더 먹었어야 했습니다. 젖에 있는 성분이 있어서 사료만으론 안 되거든요." 내가 조금만 더 알아봤으면 좋았을 것을 바쁘다는 핑계로 생명을 죽였구나. 그날 밤부터 컨디션이 나쁘더니 지독한 몸살이 왔다. 우울감에 매일 집에서 잠만 자며 꼬박 두 달을 그렇게 보냈다. 생애 최악의 여름이었다.

어릴 때부터 난 감정의 폭이 큰 편이었고, 남들은 툭툭 털고 일어날 일도 오래 힘들어했다. 가까웠던 친구와 멀어지거나 혹은 내 실수로 누군가가 힘들어한다든가. 요동치는 감정이 어찌나 싫었는지, '앞으로 꿈꾸는 직업'으로 고른 게 도서관 사서였다. 지금이야 도서관 사서로 일하는 처제를 보며 사서직도 스펙터클하다는 걸 알고 실망했지만, 당시엔 사서가 가장 '아무 일도 안 생기는 직업' 같았다. 아무도 없고 아무것도 벌어지지 않는 책만 존재하는 세상. 그것이 낙원처럼 느껴졌다.

하지만 그런 세상은 적어도 나에겐 존재하지 않았다. 몇 번의 연애, 사람들과의 이별, 인간사에 빠질 수 없는 속고 속임을 나도 겪었으니까. 힘든 순간 감정 스위치를 꺼버리는 오빈처럼 나 역시 '저 사람은 나하고 관계없는 사람이다. 세상 자체가 그저 연극판이다. 아무 의미도 없다'를 되뇌며 마음의 스위치를 껐고 그것은 가끔 효과가 있기도 했지만, 일시적이었다. 무엇보다 오빈처럼 늘 감정의 초짜였다. 발전하지 않는.

SF를 그저 기묘한 존재를 내보여 눈길을 끄는 장르로 생각한다면 오해다. 슈퍼울트라 초초인이 나와 모든 우주를 마음대로 헤집는 SF 따위는 누구도 좋아하지 않는다. 좋은 SF란 신비한 볼거리와 더불어 개연성으로 가득한 '만약의 세계'를 보여준다. '만약 내가 저 상황이었으면 어떻게 행동할까?' 배경은 비현실적이지만, 그 속에서 행동하는 주인공들은 현실적인 덕이다. 한때 적으로 만난 존 페리와 오빈은 둘 다 감정의 미성숙자들이다. 항상 속고만 살아와서 마음이 비비 꼬인 인간 종족 존 페리. 감정이 없는 냉혈한 오빈 종족. 둘은 울고 웃고 싸우는 우당탕을 겪으며 감정적으로 점점 성숙한 존재로 성장한다.

소설의 마지막, 조이의 곁을 지키던 오빈들은 최대 시련을 맞는다. 자기네가 가진 첨단 무기를 건네주지 않으면 주인공 모두 적에게 죽는 상황. 하지만 오빈들은 절대 무기를 주지 말라는 상부의 명령을 받았다. 오빈이란 종족은 명령은 무조건 지키도록 설계돼 있다. 오빈의 역사에 명령을 어긴 오빈은 한 명도 없다. 감정 스위치를 껐다 켰다 난리를 치던 이들은 결국 츤데레 표정으로 주인공들에게 무기를 건넨다.

"난 당신에게 무기를 준 적이 없다. 왜냐하면 이 무기는 다른 종족이 만든 것이고, 난 그냥 이걸 당신 앞에 놓아두었을 뿐이니까(딴청)."

아픈 만큼 성숙한다는 말은 좀 심하고, 적어도 겪은 만큼 성숙한다는 게 세상의 원칙이라는 사실. 감정의 청정지역을 꿈꾸는 소심한 개복치에게《노인의 전쟁》을 권한다.

누군가의 고민에 답하는 유일한 길

잡지 에디터로 글을 끼적이던 시절, 독자들이 자기 고민을 메일로 보내곤 했다. 그중엔 "제 남자친구가 인스타그램에서 절 숨겨요. 저번엔 페스티벌을 같이 갔는데요. 남친이 사진 찍어서 SNS에 올렸거든요. 웬 여자애가 그 사진에 댓글로 '○○ 페스티벌 갔구나. 누구랑 갔어?' 이랬는데, 남친이 그냥 '사람'이라고 달더라고요. 대체 왜 그러는 거예요?"라고 묻던데.

"그것을 제가 알 리가 없지 않나요?"라고 하려다가 마음을 고쳐먹었다. 애독자가 기껏 보낸 고민이다. 충분히 걱정할 만한 상황이기도 하다. 그래서 진지하게 답변했다. 남친의 마음속은 알 수 없다. SNS에 여친과의 일상을 드러내는 게 남우세스러울 수도 있고 혹은 그 행위가 연애를 전시하는 느낌이라 스스로 피하는 것일 수도 있다. 그렇게 보더라도 사연자는 남친에게 연인의 우려를 불식시키기 위해 어떤 행동을 주문할 권리가 있다. 자주는 아니더라도 한두 번 정도는……[후략].

글 쓰는 사람을 심리전문가와 비슷하게 여기는지 지인 몇몇은 내게 고민을 털어놓고 의견을 구하기도 한다. 특히 인간관계에 대한 것들이 많았다. 그런데 웃기게도 내가 또 인간관계를 글로 배워서 떠드는 것을 잘한다. 실제 인간관계는 엉망이지만 말이다.

소심한 이들을 위한 에세이를 쓰며 나 따위가 누군가의 고민을 글로 쓸 자격이 있는지 항상 의문이었다. 소심이들과 나의 보편 감정을 찾아내 아픔을 달랠 수 있는 글. 내가 쓸 수 있을까? 만약 내가 누군가의 고민에 관해 이야기한다면 어떤 방법으로 가능할까. 이 글은 이런 고민에 대한 나 나름의 결론이자, 거창하게 말해 타인의 인생에 대해 우리가 무언가 말하는 방법에 대한 이야기다.

"어떻게든 도와주고 싶다고? 웃기는 소리 하고 있네. 우리 같은 놈들이 뭘 할 수 있는데? 돈도 없지, 가방끈 짧지, 백그라운드도 없지. 우리가 할 수 있는 일은 쩨쩨하게 빈집이나 털고 다니는 정도야. [중략] 제 앞가림도 못하는 주제에 남의 고민을 상담해주다니, 그게 말이 되는 소리냐고."

- 《나미야 잡화점의 기적》 중

소설 《나미야 잡화점의 기적》 속 세 주인공은 빈집털이들이다. 하는 일마다 꼬이는 삼인방은 어느 날 도둑질 후 도망치다가 차가 고장 난다. 터벅터벅 숨어든 곳이 폐가가 된 '나미야 잡화점'이다. 잡화점에 들어온 지 얼마 지나지 않아 우체통에서 편지 한 통이 툭 떨어진다. 깜짝 놀란 일행은 편지를 펼쳐보는데 거기엔 어느 여성의 고민이 적혀있다. 편지를 보낸 시기는 1979년, 먼 과거에서 온 편지다.

잡화점엔 나름의 사연이 있다. 20여 년 전 잡화점 주인 할아버지는 소일 삼아 익명으로 보낸 고민 편지에 상담을 해주었

고, 사소한 고민이라도 정성껏 들어주는 할아버지 덕에 나미야 잡화점은 '고민상담 잡화점'으로 이름을 떨쳤다. 할아버지는 고령으로 돌아가시고 잡화점은 폐가가 됐다. 당연히 고민상담도 끊겼다. 세월이 흘러 좀도둑들이 발을 들인 순간 일종의 타임슬립이 발생해, 우체통을 통해 과거의 고민 편지가 쏟아지고, 반대로 현재의 답장은 과거로 날아가는 소설 같은 일이 벌어지게 된다.

타임슬립 현상은 무척 신기하지만, 좀도둑 삼인방의 입장은 바뀐 게 없다. 좀도둑들은 '무식한 우리들은 고민에 답할 능력도 없거니와 이런 일로 시간을 끌면 경찰에 붙잡힐 뿐'이란 지극히 타당한 결론을 내리지만 마음 한 켠이 찝찝하다. 편지에 답할 수 있는 건 도둑 삼인방뿐이기 때문이다.

"아무튼 뭔가 좀 써볼까?" "대단한 충고는 못 해주더라도, 당신이 힘들어한다는 건 충분히 알겠다. 어떻게든 살아달라, 그런 대답만 해줘도 틀림없이 조금쯤 마음이 편안해질 거라고." 마음 약한 좀도둑들은 시공을 초월한 고민상담을 시작한다.

좀도둑들의 상담 편지는 그야말로 어설프다. 가난이 싫어 술집 호스티스가 되려는 여성에겐 '그렇게 살면 안 되는 법이다'라고 훈계하질 않나. 음악을 포기하려는 무명 가수에게 배부른 소리 말라는 '꼰대스런' 답장을 쓰질 않나. "사치스러운 고민을 들려주시다니 참 고맙군요. 좋으시겠네요. 대대로 이어온 생선 가게 외아들이라니. 주변에 취업 안 돼서 고민하는 사람 없습니까? 현실을 똑바로 보세요."

당연하겠지만 고민상담자들은 분노의 답장을 보낸다. 어떻게 그렇게 함부로 말할 수 있냐며 따지는 답장을 보고 마음 약한 도둑들은 또 금세 '반성'한다. 하긴 우리들이 뭘 안다고 함부로 말하겠느냐, 도둑질하고 도망가는 중이면서 남 잘못 지적할 것도 없잖아. 한 통 두 통 편지가 오가고 삼인방과 상담자들의 이야기는 디테일해진다. 상투적 조언은 점차 사라진다. 사회 밑바닥을 살던 경험은 공감으로, 무식에 대한 자각은 열린 마음으로 바뀌어간다. 소통의 과정에서 마음을 다잡는 것은 고민자만이 아니다. 열심히 답변을 해주던 도둑 삼인방도 자신들의 삶에 대해 진지하게 성찰한다.

서점에 가면 흔히 보이는《간단히 ○○하는 법》류의 시원시원한 솔루션은 내가 쓸 수 있는 글이 아니라고 생각한다. 그런 걸 모르기 때문이다. 난 나미야 잡화점의 도둑들처럼 평범보다 모자란 쪽에 가까운 사람이다. 앞서 나가는 인재는 무슨, 그냥 죽을 때까지 세상 사람들 속에 끼여 살 수만 있어도 다행이라 여기는 소심한 소시민이다.

다만 그 모자란 지점이 당신과 나 사이에 고리를 만들어줄지도 모른다고 생각한다. 소심한 시선으로 소심한 사람들이 겪는 사소함을 공감할 수 있으니까. 그 사람 고민의 바닥으로 함께 내려갈 수 있으니까. 이것이 다른 이의 고민에 관해 이야기할 수 있는 유일한 방법이라고 나는 생각한다.

소설가 마르셀 프루스트는 이렇게 말했다. "병약함이야말로 우리에게 눈치를 채고 배우게 만들며, 다른 방법으로는 결코 몰랐을 과정을 분석하게 한다. 매일 밤 곧장 침대로 들어가는 사람, 그리하여 잠에서 깨어 일어나는 그 순간까지는 죽은 듯 푹 자는 사람은 잠에 관해서 어떤 사소한 관찰도 불가능하다." 고통이야말로 우리가 고통의 대상을 진지하게 탐구할 동기가 된다고 프루스트는 말했다.

나는 독자에게 "습관을 바꾸세요!" "상대에게 당당하게 외치세요" 하지 못한다. 그러지 못할 것을 알고 있다. 나도 못 그러기 때문이다. 대신 다른 방안이 없는지 함께 고민해볼 것이다. 만약 없다면 함께 슬퍼할 것이다. 나의 부족함이 오히려 세상에 치여 사는 당신을 이해하는 동기가 될 것이라고 믿는다.

낯선 사람에게 하소연해 취업했다

~~~~~~~~~~~~~~~~~~~~~~~~~~~~~~

취업난에 대한 뉴스를 듣던 중 문득 내가 취업을 준비하던 시절이 떠올랐다.

때는 11년 전. 졸업을 대여섯 달 앞두고, 어느 기업에 취직할까 알아봤더니 갈 수 있는 곳이 한 군데도 없었다. 가능성 작다는 문제가 아니라 지원 자체가 불가능했다. 내 졸업 학점은 2.75, 정치외교학과 단일 전공, 토익 점수 없음, 자격증은 딸랑 운전면허증, 인턴 혹은 대외활동 경험도 전혀 없었다. 당시 기업들은 학점 3.0 이상만 입사 지원이 가능했으며, 상경대 전공을 수료했어야 했다. 학점을 안 보는 특수 직무는 전공과 자격증을 따졌다. 내가 지원 가능한 기업이란 세상에 존재하지 않았다.

'이런 사실을 왜 이제야 알았지?' 평생 집에서 백수로 '존재'만 하다가 세상을 뜰 생각을 하니 우울해졌다. 슬픈 마음에 친구와 술잔을 기울이며 하소연했다. 친구 왈 "스펙만 보면 세상과 싸우자는 느낌인걸. 반자본주의자 같아." "……."

그래, 차라리 반자본주의자 콘셉트로 하고 다니면 정신승리라도 되려나? 그때 친구가 제안을 하나 한다. "혹시 신문사는 어때? 신문사는 학점 안 따진대. 거기나 써봐." "응? 신문사?"

친구는 서류 - 필기시험(상식+글쓰기) - 실무전형 - 면접으로 이어지는 당시 언론사 시험 전형을 알려주며, 필기시험에서 대거 걸러지는 탓에 서류는 까다롭지 않았다고 말했다. 평소 TMI(투 머치 인포메이션) 기질이 있는 나라면 상식 시험도 할 만하지 않겠느냐. 글 좀 그럴듯하게 쓰면 신문사에 취직할 수도 있지 않을까? 두 예비 졸업생의 무식하기 그지없는 대화가 이어졌다. 그러나 그땐 그럴듯하게 들렸고, 세상에서 가장 허접한 이유로 나의 언론사 지망생 생활은 시작됐다.

결론부터 말하자면 (당.연.하.게.도) 말처럼 쉽지 않았다. 나보다 글 잘 쓰는 사람이 많아도 너무 많았다. 언론사 스터디에 가입했다. 언론사 스터디는 같은 주제에 대해 글을 쓴 후 돌려보며 의견을 나누는 문예창작과의 합평 비슷한 시간을 갖는다. 다른 스터디원들이 쓴 글은 시대의 트렌드를 잡아내, 적절한 비유로 설명한 후 날카로운 통찰을 제시했다.

반면, 내 글은 우유부단한 내 성격을 닮아 우물쭈물하고 모호했다. "개복치 님 글은 흐릿해요. 적어도 신문사에서 원하는 글은 아닌 것 같아요. 굳이 신문사가 아니더라도 문제가 있는 글이지만요." 피드백을 받을 때마다 뼈를 맞는 기분이었다. "개복치 님 글은 뭘 주장하는지 모르겠어요." 윽, 맞은 데 또 맞았다.

그도 그럴 것이 언론사 지망생 대부분은 기자라는 꿈을 갖고 오랫동안 준비해왔다. "학점이 모자라니 기자를 해야겠다" 따위의 지원자가 비벼볼 시험이 애초에 아니었던 탓이다. 지원자는 또 얼마나 많은지 신문사마다 5~7명의 취재기자를 뽑는데 지원자가 수백 명. 학교 교실들을 통째로 빌려 필기시험을 봤다.

당시 언론사 시험은 흔히 '지하철 2호선'에 비유됐다. 시즌이 되면 격주 간격으로 언론사 시험이 차례로 이어진다. A사 시험이 끝나면 B사 시험, B사 시험이 끝나면 다시 C사 시험. 한 해 몽땅 떨어지면 다시 그다음 해 차례대로 시험을 봐야 한다. 매년 같은 코스를 순환한다는 의미에서 지하철 2호선인 셈이다. 1년 반 동안 한 바퀴 반을 돌며 11~12번 정도의 필기시험을 치렀고 다 떨어졌다. 결과 확인 웹페이지엔 늘 "지원자께선 다음 전형 대상에 포함되지 않았습니다"란 문구가 떴다.

탈락이 익숙해진 어느 날 아침, 비몽사몽 졸려하는데 문자가 왔다. 필기전형에 합격하였으니 다음 전형을 준비하라는 내용이었다. "음냐음냐, 필기 붙으면 문자도 오는 거구나……. 다음 전형?" 그렇다. 얼마 전 치른 모 신문사 필기시험에 합격했다는 문자다. 충격을 씻어내고 마음을 다잡았다. 드디어 이놈의 취준도 끝나는 건가? 아냐, 부담 갖지 말자. 어떤 과정이든 순서가 있는 법이다. 조급할 필요 없다. 한 스텝 한 스텝 익혀놓으면 언젠가 내게도 기회는 온다! 그런 마음으로 시험 당일 도착한 언론사 사무실에서,

덜덜덜덜 '제발 붙여주세요. 저 백수 그만하고 제대로 살고 싶어요. 제에발~' 간절해지고 말았다. 언론사 지망생 커뮤니티에서 다른 취준생들의 자괴감 가득한 실패기를 읽으며 스스로 안위하는 날들도 더는 싫었다. 평생 운이라곤 없어왔으나 이날 하루만큼은 운이란 운이 터졌으면 하는 바람이 가득했다.

실무전형은 진짜 기자처럼 취재해 기사를 쓰는 시험이다. 신문사 인사담당자는 서울 내 지역 여섯 개를 제시한 후 아무 장소나 골라, 사람 이야기가 묻어나는 기사를 취재해 쓰라고 지시했다. 서울역, 남대문시장……. 나머지 장소는 잊어버렸다. 내가 찾은 장소가 저 두 곳이어서 이곳만 기억한다. 기사를 취재해 마감하는 시간은 세 시간 정도. 급했다. 왠지 사람냄새가 묻어있는 '느낌'이 드는 서울역으로 향했다.

어디론가 떠나는 사람들의 이야기를 모아 옴니버스식으로 구성한 후 '다큐 3일'처럼 담담하게 풀어볼까? 주제를 미리 정하려 하지 말고 생생한 목소리들 속에서 주제를 찾아보는 거야! 여기서 막간을 이용한 언론사 실무전형 팁! 실무시험은 이렇게 하면 절대로 안 된다. 미리 주제를 생각하고 취재 대상을 정하지 않으면 현장에서 넋 놓고 앉아있게 된다. 세상은 넓은 곳이지만 그곳에서 무언가를 보려면 자신이 무엇을 보려는지 먼저 알아야 하는 법. 취재의 각이 필요하다.

그런데 이날 내가 겪었던 가장 큰 고통은 취재의 각이 없는 게 아니었다. 낯선 사람에게 말을 걸어야 하는 것이 가장 큰 위기였다. 그때도 그렇고 지금도 마찬가지이지만 낯선 사람에게 먼저 말을 거는 일, 그런 건 내 사전에 없다. 차라리 죽고 말지. 그러나 백수를 탈출하려면 해야 한다.

서울역. 또각또각 기차로 향하던 여성분께 다가가다가 시선이 살짝 마주쳤는데 '설마 나한테 오는 거야'의 눈빛이기에 식겁하고 떨어졌다. 대합실 의자에 앉아있던 20대 남자분에게 접근해 "안녕하세요. 저는……." 하자마자 그분이 이어폰을 끼우기에 발걸음을 돌렸다. 나이 든 분들에겐 말벗해드릴 것처럼 다가가면 통하지 않을까? 안 통하더라. "○○신문사의 개복치입니다"라고 말하면, 한순간 표정이 차갑게 변했다.

담배를 한 대 피우며 후속책을 고민했다. 여러 사람에게 말을 붙인다는 행위는 불가능하다. 이미 충격받아 쓰러질 지경이다. 딱 한 명으로 취재가 해결돼야 한다. 그리고 내가 잘 아는 소재를 택해야 한다. 당시 나는 취미로 만년필 수집을 하고 있었고, 남대문 시장에 오래된 만년필 가게가 많다는 사실을 알았다. 만년필은 왠지 아날로그하고 인간미가 있지 않을까? 만년필 가게 주인아저씨를 만나 '만년필과 삶'류의 기사를 쓰자, 라는 촌스러운 생각에 남대문시장으로 장소를 바꿨다.

"장사도 안 되는데 어디 쓸데없는 소리를 하고 있어. 시간 없으니까 빨리 가." 남대문시장 만년필 가게를 돌며 찰지게 까이고 있었다. 외국인 관광객이 많은 시절이 아니라 시장 거리가 한가했는데도, 다들 매몰찼다. 내가 사람과의 만남을 힘들어하는 이유가 관계에서의 감정이 잘 상해서다. "혹시 금요일 저녁 시간 있어?" 이랬는데 상대가 약속 있다고 하면 "아하하 괜찮아. 하긴 나도 시간이 애매했어"라고 한 후 속으로 엄청나게 슬퍼하는 스타일이다.

태어나서 가장 많은 거절을 당한 것이 이날이다. 줄줄이 모여있는 만년필 가게를 옆집 옆집 돌아가면서 거절당했다. "저는 ○○신문사의""꺼져.""안녕하세요!""안녕 안 해. 꺼져."

"오늘 날씨 참 덥죠?" "응. 덥네. 꺼져." 상인분들은 갑자기 다 가오는 낯선 이를 경계했다. 그리고 당시엔 몰랐지만 아마 기자란 직업 자체를 싫어하지 않았나 싶다.

까이고 또 까이며 이제 꿈도 희망도 없다, 터벅터벅 걷는데 딱 봐도 사연 많을 것 같은 낡은 만년필 가게가 눈앞에 나타났다. 그곳엔 성미 고약해 보이는 60대 주인장이 앉아 있었다. 그냥 안전한 내 침대로 돌아가고 싶다는 생각이 들었다. 하지만 다시 백수의 세월을 보낼 순 없어! 주인장에게 다가가 입을 뗐다. "저 취준생인데요. 지금 신문사 시험 보고 있거든요. 가게 아저씨 취재하는 시험이에요. 아저씨가 말 안 해주면 저 떨어져요." 내 말을 들은 주인장 눈동자가 흔들린다. 목소리도 함께 떨린다. "그게 왜 내 탓이야. 나 원 참." 5초 정도 침묵하더니 "그래서 내가 뭘 해주면 되는데?" 막막했던 심정이 뻥 뚫렸다. 세상이 그렇게 차가운 곳만은 아니라는 마음이 들었다.

"난 그냥 장사만 해봐서 해줄 이야기가 별로 없어"라던 아저씨는, "사실 우리 가게에 유명한 소설가가 단골이었지"라는 문인의 인간미 넘치는 에피소드, 몽블○ 만년필을 세트로 맞춰 갔다가 잉크 안 나온다며 항의하던 조직폭력배들 스토리(조폭이 웬 만년필? 예전엔 부의 상징이기에 보스급이 사가기도 했다고), 희귀 만년필을 둘러싼 수집가들의 각축전 등 70~80년대를 배경으로 벌어지는 온갖 이야기를 풀어냈다. 오랜 구력에서 나온 이야기들은 훈훈하고 신선했다. 귀를 떼지 못하며 듣다가 시계를 보고 정신 차렸다. 기사 작성을 시작했다. 별다르게 꾸밀 필요도 없었다. 충분히 아름다운 이야기였다. 실무전형엔 합격했다.

내가 세상에서 가장 싫어하는 일은, 태어난 후 한 번도 바뀐 적이 없는 그 일은 '낯선 사람과 소통하는 일'이다. 낯선 사람에게 계속 말을 붙여야 하는 직업이 있다면, 연봉을 1억을 줘도 택할 수 없다. 그렇지만 온종일 타인과 부대꼈던 그날 하루는 마음 깊은 곳에 보물처럼 숨겨져 있다. 평소엔 거기에 두었는지 떠올리지 못한다. 언젠가 사람에게 치이고 치여 "세상 인간 다 사라져!"의 심정이 됐을 때 마음 구석 저편에서 슬며시 빛을 발한다. "조금만 참고 다가가봐. 아주 나쁘지 않을지도 몰라." 아마도 믿게 될 것 같다. 이상, 눈물 어린 취업기 끝.

 개복치 씨의 한마디

하지만 아직 면접이 남아있었는데……. 미리 고백하자면 면접 날, 난 우황청심환을 먹었음에도 면접이 있던 건물 화장실에 토했다.

면접에서 떨어지고 거짓말이 늘었다

누군들 좋아하겠냐만 나는 면접을 참 싫어한다. 현대판 지옥이 있다면 죄인에게 계속 면접만 보게 하는 '면접 지옥'이 있을 거라 믿을 정도다. "개복치 님 1분 소개를 해보세요." "개복치 님 당신의 장점을 이야기해보실까요." "개복치 님, 단점, 장점 같은 단점 알려주세요." 저승사자 님들 혹시 그냥 옆에 있는 불지옥 가면 안 될까요?

남 앞에서 이야기하길 싫어하고 못하기도 하는 터라, 직장인이 된 지금도 최대한 말이 아닌 글로 된 일을 택하고 있다. 하지만 나라도 피할 수 없는 면접은 있었으니, 2부로 나눠 풀어내는 면접 이야기. 1편은 내가 당한 면접, 2편은 내가 심사위원이 된 면접을 소개한다.

면접 지원자 입장에 선 적은 별로 없다. 취준생 때 서류와 필기에서 대부분 떨어지는 바람에 면접 기회가 거의 없었다. 대기업 L모 기업과 신문사 N, 고작 두 번 면접 봤다. L모 기업은 무작위 서류 제출에서 뽑힌 것이고, 신문사는 서류와 필기를 통과한 후 본 면접이다. 내 면접은 승부 포인트가 명확했다. 졸업 평점 2.7이라는 특기할 정도로 낮은 학점을 어떻게 설명해낼 것이냐가 관건이었다.

당시 취준 현장에서 학점은 지원자의 성실성을 판단하는 기초 같은 거였고, 학점 커트라인이 없는 회사라도 3.0 이하의 학점은 설명이 필요한 부분이었다. 얼버무리면 자칫 성실성이 모자란 것으로 평가받기 십상이다. 물론 난 진짜 불성실하기에 통념에 동의하지만, 나도 먹고는 살아야 하지 않겠는가. 대응책에 골몰했다.

대기업 L의 면접 현장. 지원자 네 명과 심사위원 네 명이 면접실에 앉아있다. 다대다 면접이다. 가장 오른쪽 지원자부터 질문 답변을 모두 치르고 차례로 왼쪽으로 오는 순서로 면접은 진행됐다. 첫 번째는 듬직하게 생긴 남자 지원자였다. 심사위원들은 자기소개서를 봐도 당신의 장점을 모르겠다며 "왜 우리가 당신을 뽑아야 하는지 말씀해주실 수 있나요?"라고 했다.

남자 지원자는 "전 국토대장정을 네 번 완주했습니다"로 운을 떼며, 남들이 지쳐 나가떨어졌을 때도 하나하나 끌어안고 대장정을 완주해낸 경험을 이야기하며 자신의 따스함과 리더십을 강조하였으나 심사위원은 "그냥 힘이 세다는 거잖아요. 저희 힘센 사람 필요 없는데요."

"......."

압박 면접. 면접자에게 정신적 데미지를 줘 인성과 대응력을 살핀다는 소위 '압박 면접'이 유행하던 시절이었다. 대기업 L은 압박 면접을 적극적으로 채택하고 있었다. 다음 여성 지원자는 교환학생 경험을 이야기했다가 "아니, 이렇게 뻔한 이야기를……[후략]" 탈탈 털리고 내 차례가 왔다. 예상대로 직무분야 무경험 공격과 학점 태클이 콤보로 들어왔다. 입사를 준비할 의지가 전혀 보이지 않는다는 예리한 분석도 덧붙였다.

"학점 따윈 중요하지 않다고 생각합니다. 저는 학업을 벗어난 다양한 것들을 경험하고 공부했습니다. 저는……." "개복치 씨 잠시만요. 그러면 학업 말고 뭘 경험한 것이지요?" 여행 다닌 이야기, 철학책이니 사회과학책이니 읽은 이야기 등을 주절댔으나 "전부 핑계 같은데요. 공부하면서 다 할 수 있는 것들이잖아요. 학점은 학생의 기본 아닌가요?" 어버버버. 떨어졌다. L사 빌딩 앞에서 담배를 뻑뻑 피우며 빌었다. 신이시여, 제발 제게 면접이란 시련을 주지 마시옵소서.

소원이 접수되었는지 필기에서 모조리 탈락해 그해엔 더는 면접 볼 일이 없어졌다. 다음 해 봄, 필기에 합격했다는 믿지 못할 연락을 받고 다시 면접 준비에 나섰다. 지난번과 달리 이번엔 신문사다. 신문사란 특성상 아마도 면접에서 성실성과 함께, 내가 기자정신이 있는 인재인지, 또 예리한 관찰력과 근성이 있는 인재인지를 확인하려 들 것이다. 이 점을 준비해야 한다. 덧붙여 L사의 면접은 내게 쓰디쓴 교훈을 주었는데, 직무 관련 경험이 전혀 없다는 점과 매우 낮은 학점을 방어하려면 방패막이가 될 분명한 스토리텔링이 필요하다는 사실이었다.

《손자병법》에 보면 '성동격서(聲東擊西)'란 병법이 나온다. 동쪽에서 북치고 장구치며 쳐들어갈 준비를 하는 것처럼 속인 후 서쪽을 공격한다는 말로, 적의 관심을 다른 곳으로 돌려놓고 뒤통수를 노리는 전략을 말한다. 그래, 학점이니 뭐니 아예 말 자체가 나오지 않게 하려면 성동격서의 병법이 필요하다. 프레임의 전환. 이쪽으로 보지도 않게 하자. 그래서,

"반사회적 학회에서 활동했습니다. 20대 때 전 시스템을 불신했고, 일부러 수업을 거부했습니다." 잔뜩 반사회적 표정(?)을 지으며 신문사 면접관들에게 말했다. 학점 낮은 것을 물었을 뿐인데 이런 대답을 할 줄은 몰랐다는 당혹감이 보였다. "대체 어떤 반사회적 학회였죠?" "사회혁명과 무정부주의, 현재 시스템에 반하는 것들을 공부하고 실천하는 모임이었습니다." 수군수군. 어떤 반사회적 학회였냐 하면, 전혀 반사회적이지 않은 평범한 독서 동아리였다. 거짓말은 싫지만 나도 먹고살아야 한다.

기자 출신 면접 심사위원들과 나와 시스템을 둘러싼 질문이 오갔다. 나는 여기서 어설프지만 패기 넘치는 반사회적 인문주의 20대를 맡았고, 심사위원 분들은 정의롭지만, 시스템을 긍정하는 기성세대 역할을 맡았다. 반사회적 인문주의자 프레임, 이건 면접 보는 곳이 신문사였기에 가능한 전략이었다. 동시에 모 아니면 도 전략이긴 했다. "아니, 어디서 이런 ○○○이 나타났어"라며 한 방에 떨어질 수도 있다. 하지만 스펙이 바닥이고 혀를 놀리는 능력도 없다면 사람은 배팅을 걸어야 하는 법이다. 학점 이야긴 더는 나오지 않았고 면접 시간은 다 흘렀다. 회사 대표는 나에게 "개복치 씨는 너무 자유주의 같은데요"라고 고개를 갸웃했다. 며칠 후 합격 전화가 왔다.

면접이란 한바탕 역할극이라 생각한다. 지원자는 지원자의 롤을 맡고, 심사위원은 심사자의 롤의 맡는. 여기서 진실된 것은 꼭 입사하고 싶다는 지원자의 의지뿐이다. 면접에서 떨어지면 자책하는 것은 어쩔 수 없고, 또 한편 당연한 것이기도 하지만 그 자책의 디테일이 세밀해야 한다. '난 왜 이렇게 못날까'가 아니라 '난 왜 캐릭터를 잘못 잡았을까' 혹은 '난 왜 연기를 제대로 하지 못했을까?' 이게 맞는 자책이다. 다음엔 이번 글과 반대로 내가 면접 심사위원이었던 경험을 다루기로.

면접 심사위원이 됐고 고개를 갸웃거렸다

이 글은 내가 직접 참여한 면접과 친구에게 들은 면접을 합쳐 각색한 가상의 이야기다. 어디부터 허구고 어디서부터가 사실인지는 사정상 말할 수 없다. 내가 아직 회사원이니 양해 바란다.

직장인이 된 후 몇 번의 면접에 심사위원으로 참여했다. 입사 면접부터 대외활동 면접까지 종류도 다양했다. 최근 12년간 면접 시스템은 눈에 띨 정도로 발전했다. 과거의 주먹구구 면접에서 객관성을 확보하기 위해 나름의 장치가 하나둘 도입됐다. 도전성, 주체성, 성실성, 친화성, 전문성 등 평가 항목이 미리 정해져 있으며, 심사위원들은 자기소개서와 현장 대화를 토대로 항목마다 점수를 매긴다. '객관적인 점수'를 바탕으로 사람을 뽑는 것이다. 이론적으론 그렇다.

"이 친구 너무 절실해 보이지 않아?" "맞아요. 눈물이 그렁 그렁한 게 우리 회사 정말 들어오고 싶나 봐요." 직원을 뽑는 모 면접 현장, 심사관 두 명이 지원자 A씨에 대해 이야기하고 있다. A씨는 우리 회사 지원만 벌써 두 번째다. 지난해 떨어지고 좌절했으나 1년 동안 다시 준비했다는 A씨는 마지막으로 할 말 있냐는 심사위원 질문에 눈물을 보이고 말았다. 목소리가 살짝 갈라졌고, 눈가가 촉촉해지더니 눈물 한두 방울 또르르 흘러내렸다. 이런 말이 A씨의 진실성을 해친다면 미안하다. 하지만 그야말로 '그림처럼 완벽한 눈물'이었다. 심금이 울려진 다른 심사위원들에게 난 말했다. "하지만 대답은 잘 못했죠." A씨는 말을 잘 못했다.

"긴장한 거겠지. 사람이 긴장하면 말 잘 못할 수도 있어." "말 잘하는 게 다는 아니니까." 너 이놈 상사 말이라고 맞장구 치지 마. 그리고 면접은 원래 말로 하는 거잖아. 말 못해도 점수 줄 거면 면접은 왜 해. 지금 내가 들고 있는 평가서 항목에 '절실성'은 포함되어 있지 않다. 무엇보다 이번에 뽑는 분야는 꼼꼼하고 듬직한 성격이 어울리는 직무다. 모든 면에서 괜찮은 다른 지원자가 있었기에 혼자 우겨 A가 아닌 다른 사람이 뽑히게 되었다.

시스템이 있다 해도 점수를 매기는 건 사람이다. 눈앞에 보이는 '느낌'에 좌우되기 마련이다. 아무리 냉랭한 심사위원이 들어간다손 치더라도 문제는 마찬가지다. 평가 항목 자체가 점수화하기가 어려운 것들뿐인 탓이다. '도전정신'을 점수로 매기라니. 여기서 글 읽는 당신에게 문제를 하나 던지겠다. 당신이 가장 자주 만나는 친구 한 명을 떠올려 보자. 잠시 시간을 주겠다. [……] 떠올렸는지.

함께 보낸 시간도 꽤 길고, 속마음도 터놓는 친한 사이겠지. 자! 그럼 그 사람의 도전정신에 ABCD 점수를 말해보도록 하자. 친구의 도전정신은 B인가? 혹은 A? 정확해야 한다. A냐 B냐에 따라 당락이 결정된다. 그러면 이제 친화력이다. 친구의 친화력은 몇 점인가? 열정은 몇 점? "이걸 내가 어떻게 매겨"싶을 테다. 심사위원도 마찬가지다. 몇 년씩 알고 지낸 친구 점

수도 힘든데 만난 지 10분 된 지원자의 친화력에 점수를 매기는 것. 근본적으로 어려운 일이다.

여기 또 다른 사례, 모 기업의 입사 면접 현장. 지원자들은 답변을 끝내고 귀가했고, 심사위원들은 합격자 선정을 위해 남아 있다. 매긴 점수를 합산하되 점수로만 칼같이 끊진 않는다(아마 다른 면접도 대부분 그럴 것이다). 총점이 너무 낮은 집단은 빼고, 근소한 차이의 상위 득점자들을 테이블에 꺼내놓고 토론을 펼친다. 이번 면접에선 상위 랭크 여섯 명이 합격선에 들어왔고 이 중 뽑히는 사람은 네 명이다. 후보 중 하나가 B였다.

"지원자 B, 이 친구는 성실하고 주체성도 있어 보이네." 심사위원으로 참여한 선배의 말을 듣고 난 깜짝 놀랐다. "왜 그렇게 생각하시는 거죠?" "말하는 게 빠릿빠릿하진 않지만······ 뭐랄까 진실성이 있어 보여. 고향도 목포더라고." "목포?" "목포에서 서울로 대학 왔잖아. 시골에서 상경한 친구들이 근성 같은 게 있지." "그래요?" "아버지도 택시 운전하시더라고." "음······." "서울시립대에 입학한 것도 그런 이유겠지." 서울시립대는 학비가 저렴하기로 유명하다. 실력은 있으나 등록금이 부담되는 학생들이 많이 입학했다고 알려져 있다. 게다가 지원자 B는 영화 〈써니〉의 주인공, 배우 심은경 씨를 닮았다. 배우 역할론에 대해 뭘 알겠냐만 심은경 씨는 왠지 진실하고 씩씩한 캐릭터에 어울린다.

선배에 따르면 지원자 B는 시골 가난한 집에서 태어나 서울로 상경해 억척스럽지만 꿈을 잃지 않고 살아가는 사람으로,

날카로운 창의성은 없으나 근성과 도전정신, 열정을 골고루 가진 인재였다. "나도 같은 의견." 다른 심사위원들도 끄덕였다. 나도 끄덕이긴 했는데…… 'B가 어머니가 노래방 주인인 건 자기소개서에 안 적어놓았구나.'

그렇다. 난 개인적으로 B와 아는 사이였다. 내가 아는 한에서 B는 그렇게 가난하진 않다. 아주 부자는 아닌데, 그렇다고 돈이 없어 쩔쩔매는 건 아니다. (내가 보기엔) 잘 먹고 잘 사는 것 같더라. 목포란 단어가 주는 스테레오 타입, 그러니까 거칠거나 순박한 이미지에 부합하는 캐릭터도 아니다. 굳이 따지면 B는 '게으른 천재과'다. 게으른 천성 탓에 자신의 빛나는 부분을 못 살리는 스타일이다(본인이 만약 이 글을 본다면 인정할 것이다). 난 다른 심사위원들에게 말했다. "저도 같은 의견입니다." 사람들의 오해와는 다르지만 어쨌든 B는 숨은 능력이 굉장해 직무에 어울리는 사람이라 믿었기에 거짓 답변을 하고 말았다.

난 면접이란 단계가 필요는 하다고 생각한다. 세상엔 매우 매우매우 이상한 사람도 있으니까. 힘들 때 어떻게 극복했냐는 뻔한 면접 질문에 신을 만났다고 답한 지원자가 있었다. 마음으로 만났다는 게 아니라 구체적으로 어느 산 정상 부근에서 만나 대화를 나눴다기에 깜짝 놀랐다. 그러나 아주 이상한 사람을 걸러내는 장치 이외에 면접이란 제도는 꽝이라 생각한다. 혀 잘 놀리고 이미지메이킹 좋은 사람만 유리한 시스템이다. 사람 속에 든 성실함, 진실성, 도전정신은 30분짜리 면접으로 절대 알아낼 수 없다고 생각한다. 길지 않은 40년 인생에 깨달은 유일한 원리가 있다면 이것이다. '첫인상은 믿지 말자. 가능하면 두 번째 인상도 믿지 말고.' 대충 여덟 번째 인상부터 믿기 시작하면 조금이나마 사실에 근접해진다.

카페에서 소개팅으로 처음 만나는 커플은 신기하게 금방 알아채게 된다. "저 사람들 소개팅한다. 크크크." 어색한 칭찬과 오글거리는 대화, 세팅된 제스처. 인위적인 아우라가 두 사람 주변을 흐르고 있다. 면접 현장에서도 인위적 아우라를 느낀다. 사람과 사람이 말을 나누지만 그 백그라운드엔 누군가는 다른 누군가에게 점수를 따야 하는 냉혹함이 있다. 웃음 하나 농담 하나에 인위적일 수밖에 없는 것이다.

그 인위적 고통을 견뎌내야 할 면접 지원자들에게 응원을 건넨다. 심사위원들이 진짜 당신 자신을 평가할 수 있다고는 믿지 마시길. 입에 발린 위로가 아닌 진실입니다.

자살자를 취재한 후 사표를 썼다

지난 글에 잡범들과 농담 따먹기나 하며 신문사 수습기자 시절을 보냈다고 썼는데, 아주 가끔은 취재 비스무레한 것을 하기도 했다. 수습기자들은 경찰서에서 먹고 잔다. "잘 때가 어디 있나요?" 묻는다면 경찰서 건물 안에 기자용 숙직실이 따로 있다. 큰 방 하나에 새벽부터 밤까지 일한 짐승 떼, 아니 수습기자들이 잠을 청한다. 씻지도 못하고 자는 터라 숙직실 환경은 열악하다. 자도 자도 눈가에 피로가 떨어지지 않던 어느 아침, 경찰서가 소란스러워졌다. "형사님, 아침부터 웬 난리에요? 무슨 일 있어요?" "한강에 시체가 떠올랐대. 119구조대에서 연락 왔어." 어떤 시신일까? 살인?

살인은 아니었고 정황상 자살이 거의 확실했다. 가지런히 놓인 신발과 유품이 한강 다리 위에서 발견됐다. 유품 중에 학생증이 있어 신원도 금세 밝혀졌다. 사망자는 명문 K대학에 다니는 20대 후반 A씨. '기사를 쓸 수 있겠구나.' 이 속마음이 비인간적으로 들릴지 안다. 사람이 죽었는데 기삿감으로만 보이는 매정함. 늘 기삿거리 없다며 보고하던 저 시절엔 솔직히 기사 아이템이란 생각이 먼저 떠올랐다. 지금은 반성한다.

혹시 자살 사망자 중 어느 나이대가 가장 많은지 아시는지. 20대? 30대? 평균적으로 한 해 가장 많이 목숨을 끊은 나이대는 50대다. 그다음이 40대, 30대, 60대 순이다. 20대는 자살자

중 비율이 가장 낮다. 자살이란 앞으로 나아질 가능성이 없다고 여기기에 마지막으로 선택하는 행동이다.

우리나라 40~50대는 막다른 길에 몰리는 일이 잦다. 퇴직, 병환, 이혼 등 삶 곳곳에 암초가 놓여있으며, 나락으로 떨어지면 재기할 길이 거의 없다. 중년의 좌절감은 그 깊이를 잴 수 없을 만큼 깊으나 너무나도 흔하기에 이들의 죽음은 뉴스가 되지 못한다. 반면 가능성 창창한 20대가 생을 끝내기로 선택하는 일은 웬만한 상황이 아니고선 힘들다. 그러기에 20대의 자살은 뉴스가 된다. 우리나라에서 손꼽히는 명문 K대 대학생이라면 더욱더.

"아직 젊은데 목숨을 왜 끊었대요?" 형사님께 슬쩍 말을 붙였다. "그걸 내가 어떻게 알아?" 이럴 땐 억지를 부리면 된다. "학교에서 나쁜 일을 당한 거군요." "뭐? 아니지. 내가 언제 그렇다고 말했어. 그냥 학생이 고시 공부를 오래 했대. 잘 안 됐나 봐."

형사님께 들은 내용을 정리하면, A는 지방에서 서울로 올라와 학교 근처 고시원에 거주하고 있다. 공무원 준비를 한 지 몇 년이고, 아직 대학 졸업은 못했다. 등록금이 없어 3년째 휴학 중이란다. 경찰서에 있던 다른 기자들은 하나둘 기사를 쓰기 시작했다. '취업난에 명문대생도 목숨 끊어(취업난)' 혹은 '가난에 등록금 마련도 힘든 20대 한강 투신(가난)' 따위의 제목으로.

과연 그럴까? 난 기사를 쓸 만큼 깔끔히 결론 내지 못했다.

작은 기사지만 누군가의 마지막을 기록하는 건데 조금 더 시간을 들여야 하지 않을까. 생각하면 할수록 의문만 더해졌다. 등록금 대출은 왜 안 받았지? 내 주변에도 대출받는 친구 많은데. K대학교 정도라면 과외 자리 구할 수도 있을 텐데(지금 대학생 여러분 옛날이야기랍니다). 힘들면, 아예 고향으로 내려가서 명문대 이름으로 과외 홍보하면 되지 않았을까? 선배와 기사 방향에 대해 통화하니 A가 살던 곳으로 가보란다. 간 김에 A가 살던 방 사진도 찍어보내라고. 사진을 대체 어떻게 찍으라고? 어찌저찌하여 A가 머물던 고시원 주소를 알아냈고(이건 비밀) 출발했다.

"안녕하세요. ○○일보 개복치 기자인데요. 요즘 일 많으시죠. 이것 좀 드시고 하세요." 고시원 경비 할아버지에게 박카스 한 박스를 내밀며 바로 한 병을 까드렸다. 사람이 궁하면 방법을 찾는다고, 소심한 내가 고안한 접근법이었다. 음료라도 하나 받아 마시면 매몰차게 내치지 못하는 한국인의 정을 이용하는 전략이다. 이 뛰어난 전략은 "저 그런 거 안 마셔요"에 막히며 대부분 실패했으나, 딱히 딴 방법이 있는 것도 아니라 우직하게 밀고 나가던 터였다. 다행히 선량한 경비 할아버지가 '낙장불입의 덫'에 딱 걸렸다. 한 모금 꿀꺽하는 모습을 본 후 물었다. "그런데 아저씨, 혹시 A라고 아세요?" "에이, 그것 때문에 왔구먼. 아침에 경찰하고도 통화했어."

생원이 100명이 넘는 큰 고시원이다. 생원 하나하나의 개인사까지 알 순 없다고 경비 할아버지는 말했다. 그래도 안부 인사 정도는 나누는데, A는 유독 말수가 적은 편이었다. 하지만 같은 고시원 다른 방에 묵는 A의 친형 하소연을 통해 몇 마디 들은 적은 있다고 했다. A는 학교를 휴학하고 고시 공부를 하던 중 어느 순간 온라인 게임에 빠졌다. 하루 종일 게임만 하는 날도 있어 형이 혼내기도 했다. 그렇지만 형도 바쁜 처지고, 같은 방에 사는 것도 아니라 사실상 A는 혼자 알아서 지냈다. "하여튼 요즘엔 맨날 방에만 있었어. 그것 말곤 모르지 나도."

취업난에 택한 고시 공부, 하지만 연이은 낙방, 도피처로 택한 게임에 빠져 시간을 낭비하다가 좌절해 목숨을 끊었다. 기사를 이렇게 쓸 수도 있으나 여전히 불편하다. 논리적으로 말은 되지만 과연 맞을까? 선배가 시킨 사진도 촬영할 겸 방 안을 한번 보자. "아저씨 A방 잠시만 보여주세요." "안 돼, 남의 방을. 사유 재산이야." "딱 30초면 돼요. 제발요." "30초든 30분이든 소용없어." "저 사진 못 찍으면 신문사에서 월급 못 받아요." "에이, 그런 게 어딨어(안 속았다)." 옥신각신하는데, 카리스마를 풀풀 날리는 여성이 경비실 안에 들어온다. 카메라맨도 따라온다. 방송사 기자들이다.

카리스마 여기자는 나와 달리 강경파였다. 방송 기자 특유의 씩씩한 목소리로 할아버지께 둘 중 하나를 고르라고 했다. 할아버지 본인이 방송 카메라 앞에서 인터뷰해주든지, 방 안 모습을 찍게 해주든지. 할아버지는 굉장히 곤란해했다. 방송사 기자는 빨리 방이라도 보여달라고 공격했다. 할아버지는 들어가진 말고 문밖에서만 보라고 했다. 이왕 이렇게 된 거 나

도 쭐레쭐레 따라가 방 안 사진을 찍었다. 그리고 그 방 안엔,

　나뭇결무늬가 엉성하게 프린팅된 좌식 테이블과 컴퓨터, 싸구려 행거, 흰색 몸통에 서랍만 불투명 분홍색인 플라스틱 수납 박스가 있었다. 무작위로 집어온 물건들의 조합이었다. 그 공간엔 어떤 취향도 결여되어 있었다. 잘 꾸몄다 못 꾸몄다, 의 문제가 아니다. 피겨로 촘촘히 장식해둔 '오타쿠'의 방이 있을 수도 있고, 고(故) 김수환 추기경의 집무실처럼 남루한 가운데 소박한 정취가 피어나는 방도 있다. 아무리 유치할지언정 사람들은 자기가 꿈꾸는 정체성이 있고, 그 정체성에 맞춰 공간을 꾸민다.

　그러나 내 눈앞에 놓인 방은 어떤 꾸밈도 없이 기능적으로만 존재했다. 풍경은 방의 주인이 생활에 너무 지쳐 모든 걸 놓아버렸다고 이야기하고 있었다. 아르바이트를 구하는 것도, 학자금 대출을 받는 것도, 어떻게든 살아내겠다는 의지에서 나오는 일이다. 삶의 의지를 완전히 잃어버린 이들에겐 아무것도 가능하지 않다.

　방 사진과 함께 기사를 신문사에 전송했다. 사건의 조각들을 조금씩 이어붙인 단신 기사였다. 주제가 선명하지 못해 혼날 것 같았다. 그리고 생각했다. 이 이야기는 A의 이야기일까, 아니면 A의 상황에 나를 투영한 것일까. "취업 못 하던 시절 내 이야기 같은걸."

　사람들은 단정 짓는 뉴스에 주목한다. 가능성을 따지는 기사보다 '망한다' 혹은 '대박'이라는 기사가 눈길을 끈다. 그래

서 언론은 잔가지를 쳐내고 '이야기'가 되도록 기사를 작성한다. 언론의 역할이 있는 것이다. 하지만 난 그런 이야기를 쓰고 살 수 없었다. 우리에겐 얼마나 많은 이야기가 있을까? 개개인만이 오롯이 가진 고민과 꿈들. 곁에서 지내도 남이라면 알아채지 못할 수많은 속마음들. 그런 이야기들을 앞뒤 잘라 뉴스라는 이름으로 내보내는 걸 업으로 할 순 없었다. '내가 이해할 수 있는 이야기만 말하며 살자. 그러려면 타인의 이야기는 하지 못하겠구나.' 사표를 냈다. 다시 백수로 돌아가게 됐다. 처음으로. 심플하게.

 개복치 씨의 한마디

이래 놓고 다시 잡지 에디터가 되었습니다. 글 쓰는 재주 하나만으로 먹고 살려면 방도가 없더군요. 잡지 에디터는 자기 이야기를 주절대는 일이 잦아 조금 낫답니다. 하지만 일하게 된 잡지사 모델들을 데리고 촬영하는 업무를 시키는데…….

모델을 촬영하며 무서워하다

"웃는 표정이 너무 예쁘세요. 자세도 정말 좋고요."

낯간지러운 이야기를 해대는 것은 나 자신. 듣는 상대는 촬영 모델이다. 이곳은 잡지 모델 촬영 현장. 나는 무려 모델을 촬영 중인 것이다.

신문사를 잠시 다니던 난 여차여차한 이유로 같은 계열사 잡지사에서 근무하게 됐다. 잡지 기사를 쓰던 어느 날, 모델 촬영 담당 선배가 말을 걸었다. "너 영화 많이 보지?" "영화야 다들 많이 보지 않나요?" "예쁜 사람 좋아하고?" "미추(美醜)의 개념은 상대적이지 않나요? 예쁘다는 말은 듣는 상대는 규정하고 나머진 소외시키는……(선배의 짜증 섞인 눈길을 느낀 후) 그냥 좋아한다고 할게요." "그럼 너 촬영 한번 따라와봐"라는 얼토당토않은 과정으로 시작한 촬영 담당 에디터 일을 거의 7년이나 했었다.

촬영 현장에서 에디터는 무엇을 하느냐? 먼저 촬영팀의 기본 구성은 에디터＋모델＋포토그래퍼＋헤어메이크업 아티스트＋스타일리스트다. 모델은 자세를 취하고, 포토그래퍼는 촬영한다. 헤어메이크업은 모델의 머리와 메이크업을 다듬고, 스타일리스트는 입을 옷을 준비한다. 에디터는 촬영 전반을 총괄한다. 모델을 선발하고, 촬영 콘셉트를 정하고, 포토그래퍼와 의논해 자세도 미리 계획해두는 등. 뭐 이런 일도 나름대

로 기술이라면 기술이 필요하겠지만, 대단한 작품 사진이 아닌 상황은 노력으로 가능하다. 문제는,

내가 모델들과 대화를 해야 하는 점이었다. 내가 일하던 잡지는 일반인 대학생 모델을 쓰는 터라 오신 모델 중에 촬영이 처음인 분들도 많았다. 빼어난 외모임에도 카메라 앞에서 뻣뻣해지는 일이 흔했다. 인물 사진에선 외모가 기본이지만 표정과 자세에서 뿜어내는 느낌도 그 못지않게 중요하다. 성공적인 사진을 만들려면 모델이 카메라 앞에서 자연스러워지도록 내가 낯가림을 풀어드려야 했다. 하지만 난 낯선 여성과의 대화가 무서웠다.

태어나 처음 만난 여성에게 먼저 말을 걸어본 적이 한 번도 없었다. 반대라도 매한가지, 낯선 여성이 말을 걸면 바로 '얼음'이다. 예를 들면, '커피리브레'란 독립 커피 브랜드는 지금은 유명해졌으나 시작은 연남동의 조그만 가게였다. 어찌나 조그만지 손님끼리 합석은 필수였다. 커피가 맛있다기에 찾았다가 웬 여성분과 합석했다. 들고 온 책을 읽으려는 찰나 그분이 문득 나를 보더니 "빵 좀 드실래요?"라며 파운드케이크를 나눠주었다. 난 그 말이 "지금부터 당신을 죽여버리겠어" 정도로 들렸다. 깜짝 놀라 쳐다보고만 있었다. "괜찮으세요?" "아니요. 아니 괜찮아요. 빵 맛있네요. 아, 아직 안 먹었구나. 맛있겠네요. 감사합니다." 그녀가 준 일회용 포크로 파운드케이크를 긁어대다가 가게 밖으로 도망쳐 나왔다.

그런 내가 매주 처음 보는 여성 모델과 대화하고 촬영을 이

끌어야 한다니. 처음 몇 번의 촬영에서 딱딱하게 군은 내 표정을 보고 모델들이 자신이 자세를 잘 못 취하고 있는지 걱정했다. "제가 잘 못하죠?" "사진 잘 나오고 있나요?" 도저히 안 되겠다는 생각에 '관계를 자연스럽게 풀어주는 대화'를 준비해가기로 했다. 영어 듣기 시험 오픽 준비할 때처럼 무슨 대화를 나눌지 소재부터 흐름까지 싹 준비해갔다.

모델과의 대화 LIST

1 인사를 나눈 후 날씨 이야기 꺼내기.

2 곧 여름방학이니 방학 때 계획 묻기.

3 모델의 대학 전공에 대해 미리 검색해봐서 이야기 나누기(특히 전공에 대한 오해를 거론하면 좋다).

4 새로 생긴 맛집 이야기하기.

대화가 꼬이는 경우도 있었지만 점점 나아졌다. 대화하는 날이 늘수록 스킬도 늘었다. 외모 이야기는 함부로 꺼내지 않는다. 혹여나 모델이 자기 신체 일부를 스스로 비하하더라도 절대로 동조하지 않는다. "제가 다리가 좀 두껍죠? 옷이 좀 끼는 것 같아요." "아뇨, 딱 맞는데요. 그리고 전혀 안 두꺼워요."

상대가 관심 있을 소재를 위해 아이템을 폭넓게 준비한다. 한 소재로 찔러본 후 관심 없으면 바로 다음 소재로 옮겨간다. "요즘 사람들이 ○○○ 프로그램 많이 보던데 혹시 보세요?" "아뇨. 안 보는데요." "그렇죠? 저도 왠지 안 보고 싶더라고요."

여행과 음식은 누구나 좋아하는 소재여서 꺼내어 함께 대화하면 좋다.

몇 년간 집중적으로 낯선 여성분들과 대화하면서 깨달은 건 두 가지다. 먼저 아주 예쁜 여성과 내가 전혀 다른 존재는 아니구나, 라는 (나만 모르고 누구나 알던) 상식. 엄청 잘나가고 도도하고 예의 없는 예쁜 여성은 미디어가 타자화해 만들어낸 스테레오 타입이다. 적어도 난 못 만났다. 모두 나처럼 낯선 이를 겁내고 콤플렉스가 있으며, 자기가 좋아하는 것에 대해 말할 땐 눈이 반짝반짝 빛나는 평범한 사람들이었다.

다음은 누군가와 소통하기 위해선 성실한 준비를 해야 한다는 것. 소통의 기본은 공감이지만 공감은 "내가! 공감을 해주마" 따위 외침으로 생기는 게 아니다. 함께 이야기를 나눌 마중물 소재가 필요하고 대화 중간중간 상대의 시그널에도 관심을 기울여야 한다.

그래서 개복치 당신은 개복치를 벗어나 남들과 자유로이 소통하는 '프렌들리 퍼슨'이 되었냐고 묻는다면? 뭐 딱히 그 정도는 아니지만 평균 인간에 가까워진 느낌이다.

무심해 보이지만 사실 예민한 거랍니다

~~~~~~~~~~~~~~~~~~~~~~~~~~~~~~~~~

"이 사람은 남들에게 관심이 없습니다!"

나를 향한 심리카페 상담사의 평가에 일행들은 고개를 끄덕였다. "정말이지 정확한걸." "귀신같이 맞추는데." 어이어이, 잠시만. 전 사람한테 관심이 많다고요. 여보세요? 듣고 계세요? 이딴 엉터리 심리카페 누가 오자고 했어.

장소는 강남의 모 심리카페, 회사 동료들과 팀워크를 쌓을 겸 방문했다. 심리카페는 성격분석을 해주는 카페로, 주문한 음료를 마시며 설문지에 체크하면, 상담사 한 분이 나와 에니어그램이란 성격 분석법으로 차례차례 성격을 이야기해준다. "슬픈 일은 빨리 잊어버리려 한다." "밤에 잠들지 못했던 것이 언제였는지 기억나지 않는다"류의 질문에 체크하면 성격유형을 1번에서 9번까지 나눈다(질문에 저작권이 있어 임의로 지어냈다). 성격 특징을 알게 될 뿐 아니라 어떤 성향이기에 그렇게 행동하는지 서로 다른 유형 사이를 이해시켜주기에 커플이나 동료들끼리 오면 좋다.

는 거짓말. 순엉터리였다.

상담사 아마 이분을 차갑다고 생각하실 거예요.

동료들 옳거니!

상담사 때론 이분 때문에 마음이 상하는 분도 있을 거고요.

동료들   어쩐지 사이코패스 같았어. 장작을 모아. 불태우자.

상담가의 비난과 동료들의 동조가 이어졌다. 분명히 난 설문지에 따스한 답변만 골라 택했는데 왜 이런 결과가 나왔지?

나는 스스로 '내향적이라 겉으로 표현 못하지만 그 안에 든 인간적 매력이 드러나는 사람'으로 여겨왔으나, 주변 사람들 의견은 전혀 그렇지 않다는 사실을 최근 알게 됐다. 따뜻한 건 둘째 치고 심지어 내향적이지도 않다고 여기더라. 얼마 전엔 연남동 바에서 후배들과 위스키를 홀짝이다가 쓰던 책 주제로 이야기가 흘렀다.

'소심한 사람들이 평범하게 살아가기 위한 방법'에 대해 글 쓰고 있다고 말했더니 대뜸 하는 소리가 "선배는 소심하지 않은데 어떻게 소심한 사람들 이야기를 써요?" 후배들에게 내가 얼마나 연약한 정신을 가졌는지 설명했다. 그러자 "선배, 안 소심한데. 남들 말에 별로 신경 안 쓰잖아요. 선배 '컨셉충'(자기 콘셉트를 지어내 그것에 맞춰 말하고 행동하는 사람을 낮잡아 이르는 말)." '컨셉충'이라니 너무하잖아. 내 소심한 마음이 상처를 입어버렸다.

콘셉트가 아니라 남들 말에 정말 신경을 많이 쓴다. 누가 무심코 던진 말 한마디도 머릿속에 각인돼 무한 반복된다. 30대 초반에, 대화가 재미없다는 말을 듣고 충격받아 '대화 잘하는 법' 책을 사서 독파한 나다. 대화의 주제를 끌어내는 법, 대화 전개법 등을 달달 외웠다. 다양한 상황에 대응해 가상 대화를

짜냈다. '대화 스킬 최고 레벨 찍을 때까지 사람과 대화하지 않겠어'라는 유아적 발상을 (무려 30대에) 했고, 당연히 통하지 않았다.

딴 이야기지만, 예민한 탓에 한국 영화도 못 본다. 영화 속 폭력이 리얼해 고통스럽다. 원빈이 나오는 영화 〈아저씨〉를 보다가 시체를 트렁크에 담는 장면을 보고 심장 멎는 줄 알았다. 감정 이입도 너무 잘 돼 힘들 지경. 내 소심함을 사람들이 왜 모를까 고민하던 중 심리학 책을 읽고 정리해봤다.

성격은 사람이 태어나면서부터 가진 '기질'에서 시작해, 그 기질을 바탕으로 세상 자극에 대해 반응하는 '패턴'으로 완성된다. 자극에 예민한 기질, 둔감한 기질을 가진 사람도 있다. 어릴 적 엄마가 눈앞에서 사라져도 '뭐 어때'라며 여기저기 쏘다니는 아이가 있는 반면, 엄마가 사라지는 순간 얼어붙는 아이도 있다. 아빠가 고릴라 탈을 쓰고 짠 등장했을 때 어떤 아이는 까르르 웃는 반면, 예민한 아이는 으앙 울음보를 터뜨린다. 나야 물론 고릴라 탈 보고 넋 잃는 아이였다. "까꿍! 고릴라다! 으하하. 응? 복치야? 복치야? 여보, 복치 기절했나봐."

예민한 기질을 주변 사람들이 보듬어주면, 예민하면서도 적극적 어른으로 크겠지만 대부분 그렇지 않다. "애가 겁이 많아서, 낯을 가려서"라며 비하되기 마련. 남자의 경우 남자답지 못하다는 비난까지 들으며 생채기는 커진다. 자연히 자극을 피하는 회피 성향으로 이어진다.

소심이들의 순두부 같은 멘탈은 사소한 상처 하나 놓치지 않고 다 받는다. 누군가의 작은 모욕, 앞에선 친한 척했지만 뒤에서 나눈 험담. 상처를 피하려면 나만의 동굴에 파묻혀야 하지만 쉽지 않다. 돈을 벌며 세상 속에서 살아내려면 남들과 소통해야 한다. 소심이마다 자기만의 대처법이 있을 테지만, 어떤 소심이는 세상만사에 '심리적인 막'을 친다.

벌어지는 사건을 생생히 마주하긴 힘들다는 마음에서 나온 그 '막'은 일종의 불투명 안경 같은 것이다. 인위적으로 눈앞에 벌어지는 사건에 둔감해지기 위한 안경이다. 공포영화 볼 때 너무 무서우면 굳이 "칼에 찔린 저 사람은 배우! 철철 흐르는 건 가짜 피!"라고 되뇌며 장면에 이입하지 않는 것처럼.

상담사가 알려준 내 성격 유형은 '5번 사색가'였다. '이성적이고 객관적인 사고력을 가졌으며 관찰력이 탁월하다. 하지만 스트레스 상태가 되면 혼자 스스로 고립되어 심각하게 고민한다.' 에니어그램은 성격별로 정신이 건강할 때와 불건강할 때의 태도를 나눠 보여주는데 사색가는 불건강할 때 ① 소심해지고 ② 무정하고 돌직구성 발언이 강해지며 ③ 비판적 사고가 강해지며 부정적 시나리오를 쓴다. 그때의 나와 닮아있었다.

상처받는 순간마다 난 이렇게 되뇌었다. '눈앞에 선 사람들은 광물이다. 말은 말일 뿐이고, 행동은 행동일 뿐이다. 아무것도 중요하지 않다.' 사람이 광물일 리 없고, 그들의 말과 행동은 아무것도 아니지 않다. 하지만 사람을 돌처럼 보자는 자기기만은 자기 최면으로 이어졌고, 결국은 세상사를 대하는 내 모습 자체가 매사에 무감각한 사이코패스와 비슷해졌던 것 같다. 막이 워낙 두꺼워지니 누굴 만나도 무덤덤하게 반응해 상처를 줬을 테다. 진심으로 반성했다. 지금도 반성하고.

"하지만 이분은 진짜 사람에 관심이 없는 게 아닙니다."

상담사가 덧붙였다. 응? "관심 대상이 매우 좁을 뿐이지요. 겉으론 봐선 모르겠지만 스트레스를 잘 받는 성격이세요." 심리카페 상담사의 뜻밖의 설명이 이어졌다. 동료들은 고개를 갸웃대며 안 믿었지만 어쩌랴 열심히 이해시켜나가야지.

저, 소심한 것 맞습니다. 믿어주세요.

 개복치 씨의 한마디

· 소심함에서 비롯한 당신의 방어막이 누군가에겐 무심함으로 비쳐질 수 있습니다.
· 주변의 누군가가 무심해 보인다면 그 사람은 상처 많은 소심이일 수도 있고요.
· 심리카페가 영 엉터리는 아니더군요. 에니어그램도 나름 재밌습니다.

좀스럽지만 유용한 행복법

철학을 '야매'로 공부한 20대라면 누구나 그러하듯, 나는 대학 시절 개똥철학에 푹 빠져 살았다. 도서관에 틀어박혀 알 듯 말 듯한 인문학 책을 읽어댔고, 노트 구석구석을 사색의 조각으로 채웠지만, 돌이켜 생각할 때 시간 낭비였다. 하지만 키보드를 무한히 두들기면 원숭이도 문학작품을 쓸 수 있다는 '무한 원숭이 정리'처럼, 생각의 무더기 중엔 유용한 조각도 있었다. 예컨대 '행복하게 살기 위해선 무엇을 해야 하는가?' 그렇다. 난 행복의 비밀(!)을 발견한 것이다. 행복이란 단어에 마음 두근댈 독자를 위해, 내가 발견한 마법의 문장을 소개한다. 살면서 조금이라도 행복한 기분이 들 때, 자신에게 이렇게 물어보자. '지금 내가 느끼는 게 진정한 행복인가?'

제주 모슬포항은 자연산 방어로 유명하다. 11월이면 방어 축제가 열리고 식당 수조엔 살이 오른 제철 방어가 가득 찬다. 1인분에 4만 원이 채 안 되는 돈을 내면 방어를 통으로 요리한 코스 요리가 서빙된다. 방어회, 방어 머리구이, 방어 척추살, 방어 지리 등. 기름진 살결에 혀가 호사를 누리려는 순간, 스스로 물어보자. '이 방어를 먹는다고 내가 진정 행복해지는가?'

취향이 까다로운 나는 한 치 앞이 예상되지 않는 미스터리를 좋아한다. 피 튀는 '고어물'은 구역질나서 꽝, 상투적인 액션 영화는 지루해서 꽝. 맘에 드는 영화 한 편 만나기도 쉽진 않다. 며칠 전 넷플릭스를 가입했다. 약간의 영상을 봤고, 넷플릭스는 자동으로 〈비밀스러운 초대〉라는 미국 스릴러 영화를 추천했다. 전 와이프의 하우스파티에 초대된 남자. 평범했던 식사 자리는 컬트 종교를 믿는다는 전 와이프의 고백과 함께 이상해져가는데……. 흥미진진해지는 순간 영화를 멈춘 후 자신에게 물어보자. '이 영화를 본다고 내가 진정 행복해지는가?'

아무리 즐거운 상황에서도 '지금 내가 느끼는 게 진정한 행복인가?'를 되뇌는 순간 행복감은 눈 녹듯 사라진다. 대신 그 자리에 '지금 누리는 행복은 찰나이며 인생의 근본적 행복은 여전히 오지 않았다'라는 '성찰'이 들어차게 된다. 우울한 느낌과 함께.

가디언지의 기자 올리버 버크먼은 행복해지는 법에 대해 오래도록 취재했다. 마침내 낸 책은 첫 의도와는 반대로 행복 추구를 비판하는 《행복중독자》였다. 버크먼은 행복 추구에 두 가지 문제점을 지적했다. 첫 번째는 '쾌락의 쳇바퀴 현상', 행복해지는 요소를 채우더라도 우리는 그 행복을 금방 주어진 일상으로 여기고 만다는 것. "취업만 하면 제대로 살 수 있을 텐데"라던 친구 중 상당수의 현재 꿈은 퇴사다.

두 번째는 '추구한다'는 행위 자체의 문제다. 의식적으로 행복을 추구할 경우 막상 행복한 기분을 느끼는 순간들을 놓쳐

버리고 만다. "지금이 행복이라면 행복이 너무 하찮은 게 되잖아. 행복은 좀 더 큰 무엇이야." 거시적으로 보이는 이 태도는 현재를 그저 '언젠가 찾아올 행복'을 위한 수단에 불과하게 만드는 셈이라고 버크먼은 말한다.

행복에 대해 긴 시간을 고민한 끝에 내린 내 결론 또한 버크먼과 같았다. 행복한 삶을 사는 방법은 모르겠으나, 적어도 행복하지 않게 되는 법은 알아냈다. 그건 바로 '근본적 행복'을 추구하며 사는 일이다. 그렇다면 확실한 불행을 피하려면 다른 방법은 무얼까? 눈치챘겠지만 순간을 즐기며 사는 삶이다. 하지만 그게 말처럼 쉬우랴.

"우리 나이 들어서 망하면 어떻게 하지?" 두 달 전쯤 와이프가 화장하다가 뜬금없이 이런 소리를 했다. 깜짝 놀란 난 "왜 못 살아? 그리고 어려운 일 생겨도 같이 힘내고 파이팅하면 되지"라며 희망차게 답했다. 그러자 와이프는 내 쪽을 휙 쳐다보며 "(인상을 쓰며) 죽을 거야. 망하면 난 그냥 콱 죽어버릴 거야." 와이프의 마인드는 늘 날 놀래킨다. 쯧쯧. 그런데 난 알고 있다. 진짜 망하면 먼저 죽겠다는 쪽은 나일 거라는 사실을. 와이프는 "정말이지 화가 나!"라면서도 회복할 사람이다.

반대로 난 걱정이 많다. 요즘 회사가 다들 어려운데. 글쟁이는 갈 곳도 없는 세상이야. 진짜 나중에 자영업밖에 할 게 없나? 80%는 망한다잖아. 내가 잘하는 것도 없고. 백종원 씨가 내 가게로 와서 "사장님, 나한테 혼나야겠다"라고 힐난하겠지. 내가 지금 쓰는 에세이집은 얼마 팔리지도 않을 거야. 우리 부부는 망하면 진짜 불쌍하겠다. 그런데 잠깐만! 우리가 이렇게 불행해야 할 날이 맞나? 오늘 점심으론 바싹불고기정식과 동치미국수를 맛있게 먹었어. 백화점에서 아이패드도 샀는걸. 와이프는 얼마 후 미국 여행도 가잖아. 오늘 같은 날 우울감이 드는 건 객관적으로 말이 안 된다.

손에 쥔 모래처럼 술술 흘러내리는 행복의 순간을 잡기 위해 난 고대 철학자 에피쿠로스의 접근법을 따르기로 했다. 에피쿠로스는 흔히 '쾌락주의 학파'로 알려져 있지만, 그가 권하는 쾌락주의는 대마초를 피우고, 욕망을 탐하는 자극적인 쾌락과는 아무 관계도 없다. 에피쿠로스의 주장들은 소박하다. 솔직히 말하자면 좀스럽다. 직설적으로 말해, 에피쿠로스는 '좀탱이'라 볼 수 있다.

좀탱이 에피쿠로스에 따르면, 인간의 행복은 쾌락에서 온다. 쾌락은 우리가 아는 즐거움과 비슷하다고 봐도 무방하다. 행복한 삶이란 인생 전체를 따졌을 때 즐거움의 총합이 가장 큰 삶이다. 어제와 오늘, 내일이 골고루 즐거워야 한다. 즐거움엔 한계 체감의 법칙이 있고 재화는 한정되어 있기에 한순간의 즐거움에 인생을 올인하는 것은 '안 즐거운 일'이다.

좀탱이에 따르면, 또 행복은 성취를 욕구로 나눈 값에 의해 결정된다. 기대가 너무 높으면 불행하기 쉽다는 말을 이렇게도 어렵게 했다. 예를 들면, 너무 좋은 요리만 먹으면 입이 고급이 돼 전체적인 식사 만족도가 떨어지니 적당히 좋은 걸 자주 먹어 즐거움을 유지해야 한다. 행복을 계산기 두드리듯 재는 무척 좀스러운 입장인데…….

이 방법이 참 쓸모 있더라. 이루기 어려운 목표에 행복감을 올인하지 않고, 충분히 이룰 수 있는 자잘한 것들에 분배하기. 그 자잘한 행복이 다가왔을 때 분명히 인식하도록 종이에 적어둔다. 노트에 촌스럽게 '좋아하는 것'들 목록을 적어두었다.

1 바다에서 수영하기

2 야외에서 바람 쐬며 책 읽기

3 프레드페리 피케 셔츠

4 야키토리집에서 닭껍질구이와 하이볼 마시기

- 등, 수십 가지 항목 중

행복감을 느끼는 순간 얼른 메모해둔다. 기록을 보니 가장 최근엔 '출판 원고 마감을 하루 늦추고 푹 잤더니 행복'이라는 출판 에디터에게 폐 끼칠 행복을 적었다가 환칠했다.

휴머니스트 작가 커트 보니것은 대학 졸업식 축사에서 자기 삼촌의 명언을 자주 인용했다.

"그럼 이제 하늘나라에 계신 알렉스 삼촌에 관해 이야기하겠습니다. 알렉스 삼촌이 무엇보다 개탄한 것은 사람들이 행복할 때 행복을 느끼지 못한다는 사실이었습니다. 그래서 삼촌은 행복할 때마다 그 순간을 제대로 느끼기 위해 각별히 노력하셨습니다. 한여름 사과나무 아래서 레모네이드를 마실 때면 삼촌은 이야기를 끊고 불쑥 이렇게 외치셨습니다. '그래 이 맛에 사는 거지!'"

 개복치 씨의 한마디

행복한 순간을 자주 지나치는 분들이 있다면, 좀스럽게 목록을 만들어두면 어떨까요? 진정한 행복 따윈 생각지 마시고요.

시간이 흘러도 사라지지 않는 것들

~~~~~~~~~~~~~~~~~~~~~~~~~~~~~~~~~~~~

세상에 나 혼자뿐이다 싶은 슬픈 저녁이면 교촌치킨을 주문한다. "○산아파트 ○○○동 ○○○호인데요. 교촌 반반 콤보로 갖다주세요. 네. 배달비도 괜찮습니다." 딸깍. 치킨을 기다리는 동안 마음이 훈훈해진다. 치킨은 진리, 라는 '기승전치킨' 이야기는 아니다. 조금은 생뚱맞겠지만 난 교촌치킨, 하면 친할머니와의 소소한 추억이 떠오른다. 하고 많은 요리 중 하필 프랜차이즈 치킨이 내 소울푸드가 된 사연은 다음과 같다.

나의 할머니는 '개성파 할머니'였다. 좋은 쪽으로든 나쁜 쪽으로든 개성이 강한 할머니였다는 말이다. 안동 양반집에서 태어나 일제강점기를 살아냈고, 해방 후엔 안경점 하는 남편을 두고 자기도 가만있을 순 없다며 행상일로 억척스럽게 돈을 모았다. 머리가 똑똑하고, 감각도 좋아 재산을 크게 모았고, 나 역시 부족하지 않은 어린 시절을 보냈다. 여기까지야 전형적인 억척 할머니 스토리. 문제는 할머니가 삼국지 영웅 장비와 비디오 아티스트 백남준을 반씩 섞어놓은 분이었다는 점이다. 격렬한 성정과 까다로운 취향. 그 탓에 주변 사람들을 질겁하게 만드는 일도 잦았다.

할아버지가 질겁한 경험을 목소리 그대로 전하면, "(일본강점기 때) 너희 할머니 때문에 다 죽을 뻔했다. 일본인 경찰서장이 동네에 부임해 우리 장사하는 사람들이 서장네 집으로 인사를 갔지. 너희 할머니도 따라왔다. 서장 집 마당에 모였는데 경찰서장이 유카타(일본 잠옷) 차림으로 나오더라. 일본에선 남 앞에 유카타 입고 나가면 무례한 거거든.

우리야 그러려니 고개 숙여 인사하는데, 갑자기 할머니가 고래고래 고함을 치더라. '지금 뭐 하시는 겁니까! 잠옷 차림으로 사람을 맞는 게 어디 예의입니까! 다시 들어가서 똑바로 옷 입고 나오세요!' 아, 이 할마시 때문에 다 죽었구나 원망했다. 그런데 더 놀란 건 경찰서장이었나보다. 서장이 미안하다며 옷을 제대로 입고 나오지 말이다. 그 후에도 경찰서장은 너희 할머니만 보면 행동을 바르게 했단다."

그 경찰서장이 경위가 바른 사람이어서 조선인 아주머니의 충고를 들었다고 생각지 않는다. 할머니의 매서운 기세에 밀려서였을 것이 분명하다. 할머니의 불벼락은 굉장히 무서워 언젠가 성격 고약한 버스 기사가 할머께 버스에 빨리빨리 오르라고 핀잔 한 번 줬다가 "너 이놈 호X XX XXXX XXXXX!" 탈탈 털린 버스 기사는 무조건 사과한 후에야 버스를 출발할 수 있었고, 운전하는 내내 뒤통수에 욕을 퍼먹기도 했다.

성격이 거친 것만은 아니다. 양반집 딸답게 손이 컸고, 남들이 없이 사는 것도 마음에 담아두었다. 물건이든 돈이든 할아버지 몰래 부족한 지인들에게 통 크게 집어주었다. 내가 잡지 에디터가 된 직후 모 유명 포토그래퍼를 섭외하려 할 때 일이다. 우연히 이름을 듣던 할머니가 그 포토그래퍼를 아신다는 거였다. "아니! 할머니 ○○○씨 어떻게 아세요?" "그 양반 예술 해서 돈이 없었어. 사진도 사주고 했지." 지금은 유명해서 돈도 잘 버는 그 포토그래퍼에게 물어보니 모두 사실. 포토그래퍼는 할머니께 고마웠다고 전해주길 청했다.

할머니에 대한 기억 중 가장 선명한 건 할머니 요리다. 할머니가 만든 요리는 수준이 굉장했다. 웬만한 셰프는 명함도 못 내밀 정도였다. 손자 놀러 온다며 제대로 한 상 차리면 상차림이 '바베트의 만찬'급이다. 도미요리, 문어숙회, 고기산적, 거기에 안동 출신답게 '안동찜닭'. 시중에 파는 안동찜닭이 찐 닭을 소스에 적신다면, 할머니의 안동찜닭은 차원이 다르다. 닭을 찐 후 달달한 양념이 든 항아리에 하루 이틀 파묻어둔다. 소스가 닭살 전체에 완전히 배어들면 그제야 식탁에 올렸다. 살 속까지 양념이 골고루 배어든 닭은 천상의 맛이었다. 요리 솜씨가 뛰어난 만큼 입맛도 까다로웠다. 그래서 할머니하고는 고급 중식당이나 일식당 아니면 갈 일이 없었는데. 문제의 그날이 오고 말았다.

할머니 집에 3~4일 머물던 어느 날, 할머니 요리가 약간 지겨워졌다. 아무리 맛있는 집밥도 계속 먹으면 질릴 때 있지 않은가. 뭔가 자극적인, 인스턴트 소스가 찹찹 뿌려진 음식이 당겼다. 할머니가 집을 비운 틈을 타 나왔다. 주변 상가를 배회하다가 교촌치킨을 발견했다. '건강을 망치는 바삭바삭한 튀김에 인공미 좔좔 흐르는 자극적 소스. 그래 이거야. 너무 건강식만 먹었더니 내 몸이 불량스러움을 원하고 있어!' 치킨집이 엄청 작아 자리가 없더라. 사 들고 할머니 집으로 들어왔더니.

"뭐 사왔노?" 귀가하신 할머니께 딱 걸렸다. "이거 요 앞에 파는 치킨이에요." "치킨? 그게 뭔데?" 식탁으로 가서 한 번 열어보신다. 눈이 전투모드로 체인지. "삐쩍 곯은 닭을 먹으라고 팔았나? 도로보(일본말로 도둑놈)네." 치킨을 앞에 두고 한바탕 욕이 시작됐다.

내 탓이로소이다. 내 탓이로소이다. 내 큰 탓이로소이다. 할머니 집에 양념치킨 따월 들고 온 내가 잘못이지. "삐쩍 곯은" 모양의 "양심도 없는 놈들"이 판 "니맛도 내맛도 없을" 치킨을 차마 입에 못 넣고 있을 때 할머니가 맛본다며 하나 줘보라고 하신다. 다리를 하나 드렸다. 드시더니 이번엔 할머니 손으로 직접 한 조각 가져가신다. 그리고 또 한 조각 또 한 조각. 응? 할머니?

처음엔 '이 싸구려 닭요리를 제대로 욕해주겠어' 얼굴이었는데, 드시면 드실수록 표정이 애매해진다. "꼬숩다('고소하다'의 경북 사투리)" 딱 한마디 하시더니 안방으로 들어가셨다. 박스를 보니 달랑 다리 한 조각, 가슴살 한 조각 남아있다. 망연자실 앉아있는데 할머니가 나와서 한 마리 더 사오라고 돈을 주신다. 양념치킨을 태어나 처음 드셔보신 할머니는 그 맛에 완전히 반해버리셨다. 다음에 할머니 집에 놀러 갔는데 기다렸다는 듯이 저번 그 닭 한 번 사와보라고 하셨고, 그 다음에 놀러 왔더니 또 그러시고. 그러면서도 맛있다는 이야기는 또 못하신다. 평생 까다롭게 사신 할머니가 죄짓는 얼굴로 몰래 교촌치킨을 드시는 모습이 어찌나 귀여운지. 내가 먹고 싶었다며 몇 번이고 사드렸다. 나 없을 때도 먹고 싶으면 어쩌나 싶어 주문하실 수 있도록 길 안내도 해드리고, 약도도 그려드렸다. 그 후 할머니 집 식탁엔 전통 요리 사이로 교촌치킨이 삐쭉 놓여있더라나 뭐라나.

알콩달콩 재밌는 시간을 몇 년 더 보낸 후 할머니는 돌아가셨다. 87세의 나이로 잠깐 앓다가 괴롭지 않게 돌아가셨고 그건 괜찮은 일이었다. 장례식장엔 손님이 정말 많았다. 미국에서까지 오는 분들이 있어서 3일장에서 하루 더 늘린 4일장으로 치렀다. 오는 사람마다 내게 "너희 할머닌 보통 사람 아니었다. 성격이 강해서 그렇지 좋은 할머니였어"라고들 말했다.

길지 않은 삶을 살며 신기했던 점은 우리가 기억에서 팩트만 남긴 채 감정은 잊는다는 사실이었다. 불타오르던 연인에 대한 사랑도 헤어진 지 몇 년 지나면 자신이 왜 그랬지 낯설게 느껴지고, 죽마고우처럼 붙어있던 친구와의 우정도 시간의 흐름 속에 페이드아웃된다. 망각의 채는 기억에서 감정을 걸러내고 기억은 무미건조한 팩트로만 남는다.

그러나 망각의 채에 걸리지 않고 통과한 감정들도 있다. 대부분 자잘한 것이다. 한국드라마처럼 죽고 못 살아류의 투머치 감정이 아닌 아주 사소한 기억, 소소한 감정들. 교촌치킨을

드시며 즐거워하는 할머니, 그것을 바라보며 빙그레 웃음 짓
던 기억 같은 것들. 소설가 무라카미 하루키의 말처럼 "차가운
세상을 살아가는 데 연료가 되는 기억"은 그런 것일 테다. 교촌
치킨 같은 것.

이 글의 BGM으론 신디로퍼의 〈Time after time〉을 추천한다.

If you're lost you can look and you will find me
네가 길을 잃었을 때 나를 찾을 수 있을 거야

Time after time
시간이 흐르고 흘러도

If you fall I will catch you, I will be waiting
네가 나락으로 떨어질 때 널 잡아줄게 난 기다릴 거니까

Time after time
시간이 흐르고 흘러도

3부

그렇고 그런 교훈은
없습니다만

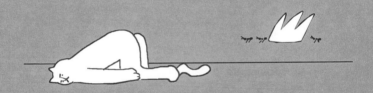

아이 낳지 않느냐는 오지랖 대응법

"동성애자들로 사회적 문제가 심각하다. 출산 저하, 인구 감소, 가정 파괴, 가치관 혼란이 오고 있다. 동성애 해봐야 출산율이 늘어나는 것도 아니다. 이거는 뿌리를 뽑아야 한다."

동성애를 해봐야 출산율이 늘어나지도 않는다니! 조선 말기 우익 인사가 내뱉은 말이 아니다. 믿기지 않겠으나, 지난해 지방선거를 앞둔 김 모 후보가 공개적으로 한 발언이다. 한마디 말로 성적소수자와 출산하지 않는 이성애자 양쪽을 한 번에 X 먹이는 일타쌍피의 망언이라 대단하다 여기지 않을 수 없었다. 심지어 이분은 "동성애를 교회에서 공부했다"는데, 그야말로 '충격과 공포'다.

김 모 후보의 걱정처럼 우리 부부 역시 인구 감소에 일조하고 있다. 아이를 낳지 않기로 하고 몇 년째 살고 있는 탓이다. '으흐흐, 대한민국의 인구를 팍팍 줄여버리겠어!'라며 와이프와 작당 모의한 건 당연히 아니고, 그냥 우리 부부 둘만으로 사는 게 더 행복할 거라 판단했다. 우리나라에서 자식을 낳지 않기로 하면 으레 질문을 빙자한 강권이 따라온다. "아직 2세는 없으세요?(불임이면 어쩌려고)" "하긴 요즘 아이를 안 갖는 부부도 많다고 하더라고요(눈앞에 두고 말하지 마)." "그래도 아이를 낳아봐요(쉽게 말하지 말고)."

하지만 프라이버시 침해의 세월은 길지 않았다. 결혼한 지 몇 개월이 채 되지 않아 내게 출산을 권하는 사람은 모두 사라졌다. 명절 고향에서도 마찬가지. 친척들 역시 출산 이야기는 피하는데, 한 친척이 깜빡하고 "좋은 소식은 아직……." 아차, 실수를 깨닫고 얼른 말을 주워 담더라.

빽 하고 화냈느냐고? 나 같은 갈등 회피 성향의 소심이가 그럴 리 없다. 차라리 프라이버시 침해를 견뎌내는 쪽을 택하지 싸우진 못한다. 나의 대응책은 갈등 회피적으로 자연스럽게 이뤄졌다. 이번 글은 우리 부부처럼 아이를 낳지 않기로 했거나, 낳지 않을 예정인 소심이들을 위한 오지랖 대처법.

처음엔 어찌 답할지 혼란의 연속이었다. 대화를 끝내고자 아무 말이나 둘러대도 결론은 똑같았다. "저도 아이 좋아해요." "그러면 낳아야지!" "아이, 싫어해요." "그래도 자기 자식은 귀여워. 잘 생각해봐." "아이에 대한 제 선호는 중간이에요." "중간? 그러면 낳아보면 알겠네."

어떤 대답도 출산으로 수렴되고 만다. 더욱 신기한 건 이들이 자주 육아에 대한 회의감을 표현하기도 한다는 사실이다. "아이 키우는 거 너무 힘들어. 삶이 없어져. 내 삶이." 그럴 때면 이때다 싶어 "그렇군요. 역시 아이를 안 갖는 게……." 해보지만 소용없다. "아냐. 아냐. 그래도 좋은 게 많아. 낳아. 낳고 생각해." 출산천국, 딩크지옥.

나라고 아이를 싫어하느냐면 그렇지도 않다. 2년 전 어느 주말 카페에서 여유롭게 책을 읽고 있을 때, 카페 창밖에서 유난히 귀여운 여아를 발견했다. 한고은을 작은 버전으로 줄여놓은 듯한 그 여아의 눈엔 웃음기가 가득했고, 난 약간의 흐뭇한 기분마저 들었다. 그 여아가 엄마 손에 이끌려 카페 안으로 들어오기 전까진 말이다.

옆 테이블에 앉은 이 꼬마 놈은 자기 메뉴를 따로 안 시켜준다며 끝없이 칭얼댔고, 급기야 옆 테이블에 있던 나를 예의 없이 빤히 쳐다보며 독서를 방해했다. 창밖에 있는 쪽이 훨씬 귀여웠는데. 난 아이를 싫어하지 않는다. 다만 아주 귀여운 아기가 거리를 둔 상태로 아주 귀여운 짓을 할 때만 예뻐할 뿐이다.

"안녕? 난 오지랖이고 오늘 네 프라이버시를 반쯤 조질 거야."

사람들이 출산을 강권할 때마다, 오지랖에게 얻어맞는 기분이었다. 이럴 때 소심이들은 어떻게 한다? 빙고. 책을 뒤지며 상황을 타개할 방법을 찾는다. 남들에게 상처를 주지 않고 상황을 해결할 길은 무엇일까? 고찰한 끝에 발견한 답은 단순한 진리였다. '진심은 통한다.' 그래! 비출산에 대한 의문 하나하나에 진심을 다해 답하자. 피하지 말고, 진심으로. 진심으로 아주 후려갈겨주겠어. 그 후의 대화 양상.

"아이는 없으세요?"

"네. 와이프랑 전 아이를 낳지 않고 살기로 했어요. 둘만으로 충분히 행복하거든요. 아이를 낳아 기르는 즐거움이 있을 수 있다고도 생각해요. 대를 잇는 것에 의미를 부여할 수도 있고요. 내 삶이 끝나갈 때 나를 닮은 존재가 세상에 남아, 내가 못다한 세상 여행을 계속해나간다는 점이 우리에게 희망을 줄 수 있겠죠. 하지만 할아버지 장례식을 치르고 남긴 유품들을 정리하다가 문뜩 그런 생각이 들었어요. 네? 괜찮습니다. 할아버지는 아흔이 넘어 돌아가셨거든요. 유품 대다수를 둘 데가 없어 결국 버리면서 그런 생각이 들었어요. 인간은 자기 삶이 끝난 후에 무언가 남을 거로 여기지만 그렇지 않다. 시간이 갈수록 옅어질 추억 몇 조각뿐. 결국 다음 세대는 그들의 삶을 살아갈 뿐이다. 이 생은 내가 살아내는 순간만으로도 충분한 의미가 있다. 나도 와이프도 자기 인생을 충만히 채우는 걸 원하고 여기에 또 다른 존재가 들어갈 공간은 없다. 우리 판단대로 인생을 만끽하자. 그것이 인간으로 태어난…… 저기요? 듣고 계세요?"

누군가 물을 때마다 비출산에 이르게 된 내 진심을 꺼내놓았더니 아무도 다시는 출산 얘기를 꺼내지 않았다. 북핵 문제든 비출산 문제든 진심만이 통한다는 진리를 깨닫게 됐다. 듣는 사람이 넌더리내는 느낌을 받는 건 오해일 테지.

 개복치 씨의 한마디

당연한 이야기지만 출산이 필수는 아닙니다. 나의 성향을 이해해줄 수 있는 사람과의 만남이라면 소심한 이들에게도 결혼이 행복할 수 있죠.

인생의 기승전 X

~~~~~~~~~~

'좋은 대학생활이란 무엇인가'란 주제로 모교 리더십센터에서 강의한 적이 있다. 대학생활을 건설적으로 보낼 수 있는 '셀프 리더십'의 방법을 대학 후배들에게 알려주는 시간이었다. 아마도, 글을 읽는 여러분은 이렇게 생각할 것이다. "네? 셀프 리더십? 좋은 대학생활? 작가님 그런 분이셨나요? 너무 안 어울려요. 실망이네요."

잠시만! 아닙니다. 그런 건 아닌데 맞지만 아니고……. 설명이 필요하겠다.

나는 자기 삶을 건설적으로 사는 분들을 인정한다. 시간을 낭비하지 않고 계획대로 살아가는 분들을 낮잡아 볼 이유는 없다. 본인이 느긋한 생활을 좋아한다고 그렇지 않은 이들을 '자기계발의 노예' 정도로 치부하는 자세는 나쁘다고 여긴다. 하지만 내 삶은 계획적이지 못했다. 어땠냐 하면…….

대학생 시절, 낮엔 동아리 방에서 시간을 죽인다. 수업을 조금 듣고 동아리방으로 복귀해 잡담하거나 기타를 퉁긴다. 6시가 되면 친구들과 술집으로 향한다. 술자리 토크에선 니체와 스피노자, 마르크스도 등장했으나 큰 의미는 없었다. 밤엔 PC방에서 스타크래프트에 열중했다. 프로토스 고수로서 당시 내 관심사는 초반 질럿 러시 테크트리 개발이었다(4.5프로베는 내가 창안했다고 혼자 믿고 있다).

주말엔 방 안을 뒹굴대며 손에 잡히는 모든 것들을 읽든가 먹었다. "음냐음냐 이거 뭐지? 《태엽 감는 시계》? 읽어야지." "음냐음냐 이건 뭐지? 오징어 땅콩? 먹어야지." 느지막이 일어나 먹고 읽고, 읽고 먹고. 밥 먹고 스타크래프트 하고. 지금 회상해도 행복한 시절이었다.

이런 생활을 한 내가 리더십센터 강의를 하게 된 이유는, 모교 출신 직장 선배에게 속았기 때문이다. "학생들 몇 명이 선배에게 간단한 질문 몇 개 던지는 행사야. 가벼운 마음으로 가면 돼"라는 말을 거절 못 하고 알려준 장소로 들어섰더니 글쎄 '언론-행정 분야 지망자를 위한 선배들의 가르침'이란 이름 하에 80~90명의 대학생들이 반듯이 앉아있었다. 하느님 맙소사! 선 채로 굳은 나를 보고 교직원분이 "기자님이시죠? 찾기 어렵지 않으셨나요?" 수십 명 앞 빈 좌석을 가리키며, 설마 저 자리는! "저기 앉으시면 됩니다." 이런 젠장.

강의자는 언론사 선배, 행정 분야 선배 각 한 명. 언론사 선배는 '나'였고, 행정 분야 선배는 대학 졸업과 함께 행정고시에 합격해 문화체육관광부에 들어간 여성분이었다. 여성 사무관이 먼저 강의를 시작했다. 좔좔좔, 술술술.

그녀의 대학 시절은 쉽지 않았다. 경제적 문제도 있었고, 그 외에도 여러 힘든 일을 겪었다. 한때는 포기할까도 생각했다. 그러나 가장 힘든 순간에도 자기 목표를 분명히 잡았다. 꿈을 향해 하나하나 이뤄나갔다. 조그만 목표가 하나씩 이뤄질수록 더욱 자신감이 붙었고 즐겁게 매진할 수 있었다. 우리는 의지와 목표로 꿈을 이룰 수 있다. 여러분 파이팅! 대충 이런 내용이었다. 어찌나 설득력 있는지 옆에 앉은 나까지도 열심히 살아야겠다는 마음이 들었다(목소리도 또렷또렷 듣기 좋았다).

다음 차례는 나. 대학생 땐 존재만으로도 버거웠다. 술, 게임, 책으로 보냈지만 어쨌거나 취업은 했다. 학점이 너무 낮아하는 수 없이 학점 기준 없는 언론사 시험을 택했고, 어쩌다가 취업했더니 월급도 꼬박꼬박 나오고 살 만하더라. 세상일은 알 수 없으니 여러분도 파이팅! 보다시피 교훈적인 구석이라곤 없다(심지어 난 발음이 웅얼거리는 스타일이다).

주위를 둘러보는데 후배들 얼굴은 그야말로 o_o, 담당 교직원 얼굴은 -_-. 후배들은 여성 사무관에게만 질문을 던졌다. 내 쪽으론 눈도 돌리지 않았다. 모교 측은 이런 행사에 다시는 나를 부르지 않았다. 강의 후 슬픈 얼굴의 교직원이 내게 계좌번호를 물어보았다. 돈 주는 건지도 몰랐고 얼마 주는지도 몰랐다. 나중에 보니 액수가 꽤 컸는데, 금액을 알았다면 사정을 해서라도 안 받았을 테다. 내 삶에 왜 이리 교훈이 없는가. '리더십센터 사건'을 겪고 고민에 빠졌다.

다음 날 카페에 혼자 앉아 아이스커피를 홀짝이고 있었다. 오전 11시 점심시간도 안 됐는데 카페 스피커에서 라디오헤드의 〈Creep〉이 흘러나왔다. "나는 별것 없는 놈. 나는 이상한 놈. 도대체 내가 여기서 뭘 하고 있는 건지~" 오전에 틀 노래는 아니지 않나. 그나저나 나야말로 여기서 뭘 하는 걸까?

다음에 나온 노래는 느닷없이 유행하던 팝 댄스곡 〈On the metro〉. "나는 제일 좋아하는 파티 장소에 있었어. 제일 좋아하는 소다를 홀짝이며~" 선곡 왜 이래? 〈Creep〉 다음에 〈On the metro〉를 트는 건 말도 안 되잖아. 그리고 나오는 카페 테마곡. 김건모가 감미롭게 노래합니다. "나의 사랑의 노래 울려 퍼지고 내 어깨에 기대 oh my love 여기 카페 ○○와 함께~" 사랑 노래 다음 곡은 무려 본조비의 〈This ain't love song〉. 아니 대체 이건 무슨 악취미의 선곡이지? 도대체 못 들어주겠구먼. 그런데 순간 뇌 속에서 개똥철학이 꿈틀거렸다.

아냐아냐. 이 선곡 속에 인생의 진리가 있어. 인생은 사실 무작위 사건의 연속일지 몰라. 아침부터 비참하고, 점심쯤 사랑이 찾아오는 줄 알았더니 갑자기 모든 게 박살나는 것. 개인의 노력은 중요하지만, 그렇다고 인생 경로를 좌지우지할 수 있을 정도는 아닌 것이지. 우리가 인생에 기승전결이 있다고 믿는 건 무엇이든 일관된 스토리로 기억하려는 우리의 '서사적 자아'가 만든 환영일 뿐이야. 인생은 A→B→C→D→E가 아니라 A→D→B→E→C라고.

나 역시 기자 시절 인터뷰 기사를 쓸 때마다 작위적 스토리텔링에 동참해왔다. 인터뷰 기사란 일관적 흐름과 분명한 메시지가 있어야 한다(고 배웠다). 인생에 벌어진 사건 중 주제에 맞지 않는 건 뺀다. 사소하다고 여겨지는 곁가지는 쳐내고, 사실관계를 벗어나지 않는 선에서 흐름을 조정한다. 그렇게 만들어진 스토리는 깔끔하고 그럴듯하다. 적어도 '이야기'가 된다. 하지만 깔끔한 스토리가 그 사람의 일생을 제대로 보여주는지는 늘 의문이었다. 우리가 곁가지라고 쳐낸 것들에 진실이 담겨 있진 않을까? 내가 만난 사람들의 생생한 개성은 내 인터뷰에 실려있지 못했다.

소설가 최민석 씨가 쓴 에세이 《청춘, 방황, 좌절 그리고 눈물의 대서사시》는 그야말로 작가님의 잡다한 일상을 담고 있다. 아르바이트하고 돈 떼인 이야기, 민방위훈련의 풍경, 작가들과 치던 탁구 게임. 무명작가 두 명(최민석 작가님은 무명작가 쪽)과 유명 작가 두 명이 복식 탁구 게임을 했다. 하늘도 무심하게 무명들이 유명들한테 탁구도 판판이 깨졌다. 무명작가들은 '무명작가답게' 온갖 얍삽이를 동원해 몇 판 이기지만 유명작가들은 '유명 작가답게' 얍삽이를 간파하고 결국 승리를 따낸다. 최민석 작가는 매우 억울해하면서 글을 끝낸다.

여기에 무슨 교훈이 있냐고? 정말 삶에 교훈이 있을까? 억지로 끄집어내면 약자는 항상 질 수도 있으며 그땐 그냥 억울해하면 그뿐이라는 것이 교훈이라면 교훈이겠다. 최민석 작가님은 이야기한다. "우리가 사는 삶의 이야기들은 사실 자질구레한 일상의 조합입니다."

내 삶이 영화라면, 수미쌍관으로 다시 한 번 강연할 기회가 생길 테다. 그리고 그때는 멋지게 말하겠지. "우리 삶 앞에 펼쳐지는 사건은 뒤죽박죽이며 때론 우리 힘으로 제어할 수 없습니다. 하지만 그 맥락 없는 일상을 헤쳐나가는 힘은 처칠이 말했듯 'Keep calm&Carry on(닥치고 할 일을 하라)'겠죠. 여러분

파이팅."

그러나 내 삶은 영화가 아니기에 이럴 기회는 없을 것이다. 후배들에겐 강의를 참 못했던 사람으로 기억될 테고. 그러나 우리의 인생은 카페 BGM처럼 스토리 없음을 알기에 억울한 채로 사는 것 역시 받아들이겠다.

저절로 되는 줄 알았으나 그렇지 않은 것들

❶ 커피머신 OFF

"오빠, 저거 꺼." 장소는 우리 집, 와이프가 방금 커피를 내린 캡슐커피머신을 가리키며 말한다. 다 쓴 커피머신의 스위치를 끄라는 소리지만 그럴 필요가 전혀 없다. "가만 놔둬도 돼. 네○프레소는 자동으로 꺼져." 하긴 모르는 것도 당연하다. 우리 집 커피 당번은 나이기 때문. 자상하게도 아내 커피를 매번 뽑아주고 있기에 마시기만 하는 와이프는 캡슐커피머신에 대해 모를 수밖에 없다. 아내에게 말한다. "일부러 안 꺼도 좀 있으면 자동으로 꺼지는 거야." 그러자 아내 말하길 "아냐. 오빠가 안 꺼서 맨날 내가 끄는 거야." 뭐라고? 저 기계 산 지가 2년이 됐고, 맨날 꺼져 있던데? 설마 그렇다면……

1 처음 캡슐커피를 뽑은 날, 전원을 끄지 않은 채 자리를 뜬다.
2 와이프는 인상을 찡그리며 커피머신을 끈다.
3 돌아온 난 OFF된 기계를 보며 생각한다. "자동이구먼."
4 다음 날, 캡슐커피 사용 후 '당연히' 스위치는 내리지 않는다.
5 와이프는 인상을 찡그리며 커피머신을 끈다.
6 다음 날도 커피머신을 켠 채 자리를 뜨고……

이런 일이 그동안 벌어졌단 말인가. 자상한 남편은 개뿔. 혹흑. 미안해.

❷ 게임에 흥미 잃기

세상엔 자동인 줄 알았으나 자동이 아닌 게 많다. 예를 들자면 '게임 따위에 흥미 잃기' 같은 것. 어릴 적 내 주변 어른들은 아무도 게임을 즐기지 않았다. 술자리니 골프니 '어른스러운 취미'는 즐겼지만 게임하는 어른은 없었다. "아직도 게임이냐. 애처럼." 어린애들이나 하는 유치한 취미로 치부했다. 중학생 때즈음 장난감에 대한 흥미가 저절로 사라졌듯 게임에 대한 흥미도 알아서 사라질 줄 알았는데 웬걸.

게임은 20대에도 재밌고, 30대에도 재밌으며, 마흔 살이 된 지금도 재밌다. 오히려 게임이 점점 발전한 바람에 옛날보다 더 재밌다. 도트 모양으로 뭉개진 '대항해시대'는 어디 가고 현실을 방불케 하는 게임이 판을 친다. 며칠 전에도 'GTA5'란 게임을 하던 중 와! 이런! 이크! 외치고 있으니 샤워하고 나온 와이프가 한마디 한다. "오빠 자꾸 무슨 소리를 내는 거야. 설마 게임하다가 낸 거야?" 이러더니 한심하다는 얼굴로 방으로 들어간다. 얼마나 재밌는지 모르고. 현실 생활도 성실하게 살면서, 건전히 게임을 즐기는 건 나쁜 게 아니다.

는 거짓말이다. 바른대로 말하자면 게임을 건전하게 즐기고 있지 못하다. 게임하느라 현실 생활에 지장이 간다. 연말이던 지난달엔 'GTA5' 삼매경에 빠져 출판사에 넘기기로 한 원고를 주지 못했다. 게임하느라 못 썼다는 말은 차마 못 하고 출판사 에디터님에게 "연말에 송년회가 많아서 영 글 쓸 짬이 안 나네요"라며 자못 '어른 같은' 핑계를 댔다. 송년회는 무슨. 외출은 삼가고 집에서 게임하고 있었습니다. 이런 추세라면 할아버지 돼서도 게임하느라 날 샐 것만 같다.

❸ 감정이 메마른 어른이 되는 것

스무 살 때, 40대 어른들을 보며 생각했다. 나도 나이 들면 '감정이 메마른 채 기계적으로 살아가는 어른'이 되겠구나. 자동으로, 자연스럽게. 직장생활에도 이골이 났을 테고, 반복되는 일상에 젖어들겠지. 아파트 대출금이나 꼬박꼬박 갚으며 꿈이라곤 더 큰 아파트로의 이사 정도. 대학 동창들을 만나면 "우리 젊을 때 이랬잖아. 으하하하"라며 옛일을 무훈처럼 뽐내는 속물 같은 삶. 나 자신에 대한 고민은 잊은 채 덤덤하게 살 줄 알았더니 웬걸.

올해 마흔을 맞은 사람으로 말하건대, 마흔이라고 익숙해지는 것 따윈 아무것도 없다. 나이 들며 얼굴살이 두꺼워지고, 눈이 상대적으로 작아지며, 작아진 눈 탓에 감정 변화가 덜 드러날 뿐. 존재 의미에 불안해하는 건 마찬가지다. 세상의 주인공이 내가 아니란 진실을 깨닫고, 엑스트라로서 엑스트라만의 존재 의미가 무언지 고민하는 나이가 마흔 살이다.

한때 게임 속 NPC처럼 보였던 어른들 역시 무표정 아래 떨리는 가슴을 숨긴 꼬마들이었다는 사실도 이제는 안다. 과거의 아저씨, 아줌마 분들 죄송해요. 그런 줄 몰랐어요.

번아웃된 사람을 위한 육체적 리추얼

일자 샌드가 쓴 책《센서티브》엔 소심이를 위한 심신 안정법이 소개돼 있다. 일자 샌드는 내향적인 성격 탓에 사회 적응이 힘든 이들을 전문적으로 상담하는 일종의 소심 전문 상담가. 그녀에 따르면 소심이들은 감각이 예민하기에 심신의 밸런스를 맞추는 데 신경 써야 한다는데, 그 팁은 다음과 같다.

🔳 눈 감기

사람이 받는 자극의 80%는 시각 자극이라고 한다. 예민한 소심이들은 의식적이든 무의식적이든 눈앞에 존재하는 것들에 과하게 자극받는다. "저 사람, 나를 쳐다보는 것 같은데!"라며 직접적으로 인식하진 않더라도, 알게 모르게 마음은 긴장해 있다. 쉽사리 피로해지는 사람은 하루 중 일정 시간, 눈 감고 보내는 습관을 들이면 좋다. 눈 감기가 별스럽다면 평소 선글라스를 쓰고 다니는 방법도 추천.

🔳 헤드폰

청각 자극도 헤드폰으로 제한하면 좋다. 예민한 성격의 일자 샌드 본인도 대중 강연 전마다 5분씩 헤드폰으로 음악을 들으며 마음을 달랜다.

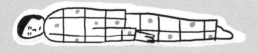

③ 설거지

어떤 인풋도 흡수하지 않고 자신을 재정비하는 무위의 시간이 필요하다. 아주 일상적인 활동, 예컨대 설거지를 하며 머리를 비우면 일거양득.

 1년 전쯤 직장생활 스트레스가 커져 번아웃이 왔다. 매 순간 지쳐있었다. 점심마저 귀찮아 걸렀고, 퇴근 후엔 날름 집으로 내달렸다. 어쩔 수 없이 저녁 약속이라도 잡으면, 몇 시에 헤어질지부터 고민했다. 통계적으로 직장인의 70%가 번아웃을 겪는다지만 내 상태는 심각했다. 몇 개월째 반복되는 상황에 걱정이 일었고 책에 답이 있다는 전형적인 문과생 마인드로 서점을 들렀다. 그렇게 생활의 깨알 팁들을 발견한 것이다.

 육체적 방법을 제안하는 사람은 일자 샌드뿐이 아니었다. 소심계의 바이블《타인보다 더 민감한 사람》으로 '소심 혁명'을 불러온 심리학자 일레인 N. 아론, 자세를 통한 자신감 회복법 강의로 유명한 에이미 커디 등 '소심함의 대가'들은 하나같이 육체적 방법을 제안했다. 몸과 마음은 별개가 아니다. 몸의 작용이 마음에 영향을 주고, 마음가짐이 다시 몸으로 드러난다. 육체적 자극과 마음의 자극은 하나로 이어져 있다는 게 전문가들의 견해였다.

 하지만 내가 누구랴. 두 쪽이던 세상이 하나로 합쳐져도 비관적 태도를 버리지 않는 '비관 넘버원'이다. 인위적으로 자극 좀 피한다고 지친 마음이 나아질 거라는 낙관주의가 매우 의

심스러웠다. 난 오늘 우울하며 내일도 우울할 것이고, 금석 같은 내 우울은 설거지 따위에 흔들리지 않을 거라 스스로 확신했다. 그러나 쇼핑은 좋은 것이니까 선글라스를 골라보자. 어차피 해야 하는 설거지 좀 더 기분 내서 하면 되는 거고. 딱히 할 일도 없으니 콘셉트 삼아 몇 가지 리추얼을 따라 해볼까.

그렇게 6개월 후.

지금은 일요일 낮, 음악을 들으며 설거지를 하고 있다. 마음이 평온하다. 요즘 들어 사람들은 내 얼굴이 좋아졌다고 한다. 나 역시 내 안에 채워진 에너지를 느낀다. 금요일에 약속도 잡기 시작했다. 일주일에 두어 번 정도 적다면 적지만 그 시간만은 온전히 함께 있는 사람들과의 관계를 만끽한다.

비관주의자로서 부끄럽게도 상태는 조금씩 긍정적으로 바뀌고 있었다. 결론적으로 몸의 감각을 제한하는 팁들은 유용했다. 마음의 여백을 찾는 리추얼 역시 유효했다. 일상에서의 피곤함이 덜해지면서 마음도 여유로워졌다. 심지어 방금 이 글을 쓰는 와중에 지인에게서 자기 독서모임에 함께하지 않겠냐는 메시지가 왔는데, 내일까지 고민해보기로 했다. 내 소심함은 다 어디로 가버렸는지 원.

이 글을 읽는 소심이 중 유달리 쉽게 지치는 분이 있다면 자극을 피하고 내 안을 채우는 리추얼을 활용해보세요. 여러분의 일상에 생각보다 득이 될 수도 있습니다.

막간을 이용해 내 리추얼을 공개하자면, 설거지하며 힐링하기. 설거지 전문 도구와 설거지 인테리어, '설거지 뮤직'을 준비한다. 설거지 인테리어는 힐링 분위기를 조성하는 인테리어 소품 석가모니 두상이 싱크대 앞에 놓여있다.

이어폰을 끼면 나만의 싱크대 클럽이 오픈한다. 오늘은 미국 80년대 팝이다. "잇츠 레이닝 맨 할렐루야~", 더 웨더 걸스의 〈It's Raining Men〉에 맞춰 유리컵을 문지르고, "쉬즈 갓잇요 베이비 쉬즈 갓잇~", 바나나라마의 〈Venus〉 떼창에 프라이팬 기름을 탈탈 털고.

설거지가 끝난 후 돌아서면 와이프가 못 볼 걸 봤다는 표정(마흔 살 사내가 싱크대 앞에서 씰룩쌜룩 몸을 흔들어대던 장면이라든지)을 하고 있는데…….

적절한 수준의 후안무치

~~~~~~~~~~~~~~~~~~~~

"스무 살로 돌아가 모든 걸 다시 시작하고 싶지 않아?"

30대 중반쯤부터였나? 술자리에서 친구들이 자꾸 20대로 돌아가면 좋을 것 같지 않냐는 질문을 던진다. 보통 난 "술맛 떨어지게 쓸데없는 소리 마"라고 답해준다. 취하면 내가 무슨 소리 하는지도 모르겠는데, 복잡한 이야기하고 싶지 않다.

그러나 인간이란 동물은 취하면 집요해지는 법. 질문한 상대는 조건을 요리조리 다듬어 재차 질문한다. "지금 기억은 다 가진 채로 스무 살이 되는 거야." "그렇군." "어때?" "싫어." "주식을 사서 부자가 될 수도 있는데?" "오! 그래?" "돌아가고 싶지 않아?" "아니."

힘든 경험이 있었던 건 아니다. 집안이 망하지도, 사고로 연인을 잃지도 않았다. 평범하게 대학교에 다니다가 겨우겨우 취업한 보통의 20대였다. 과거로 돌아가기 싫은 건 그냥 마흔 살인 지금이 좋아서다. 지금 나이가 어찌나 좋은지 혹여나 뱀파이어에게 물려 영원히 특정 나이로 살아야 한다면 마흔 살을 고를 지경이다.

많은 이들이 젊은 시절로의 회귀를 바라는 이유는 이해한다. 다시 한 번 젊어지는 타임슬립물이 많은 것도 이유가 있을 테다. 20대엔 다른 악조건을 모두 만회하고 남을 장점이 있긴 있다. 바로 '미확정성'이다. 20대는 아무것도 이뤄진 게 없는 시절인 동시에 반대로 모든 게 가능한 시절이기도 하다. '언젠가' 가슴 뛰는 사랑을 할 수도 있고, '언젠가' 자기 작품으로 이름 떨칠 수도 있다. 제아무리 낮은 가능성이어도 밤하늘의 별처럼, 꿈으로 품고 살아갈 수 있다. 하지만 나이가 들면?

형이하학적으로, 즉 상스럽게 설명하면 삶은 'A로 벌어 먹고살며, 여가시간엔 B하며, C와 함께 평생을 살아가는 것'이다. 나이가 들면서 A와 B와 C가 하나씩 정해진다. 정해지는 만큼 변수는 줄어든다. 인간이란 지금의 만족이 아닌 미래의 만족을 먹고사는 존재이기에 보통의 사람이라면 나이 듦을 허탈해한다. 다만, 나를 포함한 별스러운(?) 퍼스널리티의 소유자들은 가능성보다 훨씬 좋은 것들이 다가오기에 일반론에선 예외지만 말이다.

어릴 때부터 부끄러움이 심했다. 초등학교 1학년, 학교 처음 갔을 땐 매일 학교에서 볼일을 참았다. 학교에서 큰일을 봐도 되는지 몰랐던 탓이다. 다행히도 초등학교엔 오전 수업만 있고, 학교가 집에서 5분 거리라 참을 만했다. "학교 화장실은 왜 있다고 생각했나요? 선생님이나 친구들에게 물어봐도 됐을 텐데요?"라고 반문한다면 우선 내가 어리숙했고, 볼일에 대해 못 물어볼 정도로 부끄러움이 많았기 때문이다. '이래도 되는 건가? 세상 사람들이 손가락질하지 않을까?' 별것 아닌 일상사 하나하나가 내겐 힘들었다.

빵집에 가면, 빵 종류를 3종 이하로 사던 시절도 있다. 다양하게 시키면 알바생이 힘들어할까 봐 신경이 쓰였다. 그리고 지난번에 면접 가서 토했다고 썼는데 100% 사실이다. 면접 날 아침 우황청심환 반 알을 먹었는데도 긴장감을 이기지 못해 면접 10분 전 회사 화장실에서 토했다. 토를 하고 났더니 마음이 편안해져 면접은 합격했다. (소심한 사람 면접 팁: 면접 날 아침 일찍 우황청심환 반 알을 먹고 화장실에 토를 하세요. 평온한 상태가 됩니다.)

예민한 성격으로 살기가 녹록지 않던 내 삶이 바뀐 것은 서른 살이 훌쩍 넘어가면서부터였다. 하루는 음식점에서 주문한 음식이 늦게 나오자 점원에게 "주문한 지 한참 지났는데 언제쯤 나오나요?"라고 말했다. 내 인생에서 겪은 적 없는 어마어마한 사건이었다. 내가, 점원에게, 빨리 달라고 재촉을, 하다니. 물론 주문한 지 20분이 넘었고, 나보다 늦게 온 두 테이블에 음식이 올라간 상황이긴 했으나 어쨌든. 나로선 적잖이 신기한 일이었다.

나이가 들며 사람은 얼굴이 두꺼워지고, 부끄러움을 덜 느끼게 된다. 말 그대로 '후안무치'다. 상당수의 중년이 20대의 눈으로 보기에 낯부끄러운 짓을 하는 것도 이런 이유다. '후안무치화'는 그 누구도 피해갈 수 없고, 다만 스스로 늘 경계하고 바로잡아야 할 현상이다. 그런데 이 후안무치화의 기준점은 자신이 가진 원래 성격이다. 어떤 성격에서 시작하느냐에 따라 중년이 되었을 때의 낯두꺼움 수준이 다르다.

어린 시절 낯두꺼움이 보통 수준이었던 사람은 진상 아재,

원래 낯두껍던 사람은 최악의 진상 아재. 하지만 부끄러움을 많이 타고, 남의 눈을 지나치게 의식하던 소심한 종족들은? 딱 알맞은 만큼 얼굴이 두꺼워진다. '적절한 정도의 후안무치'라고나 할까. 30대가 훌쩍 지나 진상 아재가 되어야 할 시기에 소심이들은 보기 좋게 평범한 수준이 된다. 30대 중반이 넘어가면서 상태는 더 좋아진다. 사람들에게 먼저 다가서기도 하고, 친구도 늘어난다. 바깥세상과의 커뮤니케이션도 편해지니 삶의 영역도 넓어진다.

서른 살까지 내게 술자리는 무조건 고역이었다. 사회생활을 위해 참여하는 의무일 뿐이었다. 술자리 특유의 난상 토론에도 적응을 못 했다. '조금 전까진 내 쪽을 보며 말하던 사람이 지금은 저쪽으로 고개를 돌려 듣고 있군. 말을 계속 걸어야 하는가?'

나이가 들며 달라졌다. 술자리 상대에 대해 과하게 고민하지 않아 도리어 편안히 대화를 나눈다. 사람들과의 만남 자체를 즐기게 됐다.

이 글을 읽는 독자 중 예민한 성격으로 힘든 20대가 있다면 조금만 기다리시길. 서른다섯 살쯤 당신에게도 활짝 필 때가 올 것입니다. 그리고 한때 예민한 20대였으나 나이 먹고 얼굴이 두꺼워진 30~40대가 있다면 조심하시길. '적절한 정도의 후안무치'는 애써 유지해야 할 균형추와 같은 것이랍니다. 방심하다간 나쁜 의미의 '아재', '아줌마'가 되어버리겠죠.

지금은 물 따르는 내가 20대에 했던 고민은

〰〰〰〰〰〰〰〰〰〰〰〰〰〰〰〰〰〰〰〰

1 물 따라주는 담당

"오빠, 물!"

아내가 이렇게 외치면 나는 어디에 있든, 무엇을 하든 자리를 박차고 일어나 냉장고로 향한다. 유리잔에 물을 따라 아내에게 건넨다. 예외는 없다. 친구들과의 술자리에 있는 내게 이런 카톡이 오기도 하는데. [어디냐? 와이프 목말라 죽어] "뭐야 벌써 일어나?" "나 일이 좀 생겨서. 먼저 들어갈게."

결혼 직후, 우리 부부는 집안일을 분담했다. 화장실 청소는 나, 빨래는 아내, 음식물 쓰레기 처리는 나, 요리는 아내, 설거지는 나, 물 떠주기 나. 이상하다는 느낌이 들어 물 떠주기에 대한 의문을 제기했더니 와이프 왈 "사람이 물 마시는 게 중요하다고 하잖아." "그렇지." "나도 하루 9잔씩은 물을 마셔야 하고." "그렇겠지." "내가 물을 못 마시면 안 되잖아." "안 되지." "그래서 오빠가 물을 떠줘야 하는 거야." "아~, 맞네." 그래서 5년째 물을 따르고 있다.

와이프에게 물 따라주는 건 평일 평균 1잔, 주말 평균 3잔. 밥 먹으며 함께 물 마시는 건 뺀 숫자다. 1년이 52주, 5년이면 대략 2,860잔이다. 처음엔 귀찮았지만, 그런 단계는 지났다. 딱히 귀찮진 않다. 다만 약간의 지루한 감이 있어, 물 주기에 약간씩 변주하며 재미를 추구하고 있다.

물잔을 다양하게 써보고, 쟁반과 물컵을 매치하기도 한다. 북유럽 스타일 물잔＋쟁반, 일본 스타일 물잔＋쟁반. 이태원에 있는 편집숍 디앤디파트먼트에서 집에 있는 미니멀한 유리잔에 어울리는 남색 플라스틱 트레이를 발견했다. 뛸 듯이 기뻐하며 집으로 향했다. "빨리 배송돼라. 어서 물을 줘야지."

물만 떠주고 휙 돌아서진 않는다. 매정한 감도 있거니와, 빈 잔을 싱크대에 넣어놓기 위해서다(설거지 담당은 나). 누군가 물 마시는 모습을 멀뚱멀뚱 2,860번쯤 보면 그만의 고유한 물 마시는 자세를 알게 된다. 아내는 눈을 똑바로 정면으로 향한 채 고개를 재빨리 휙 위로 올린다. 마치 잔을 입에 댄 채 갑자기 뒤로 쓰러지는 모양새다. '낙차를 최대화해 물을 넘기려는 건가?' 구경하는 것도 재미다.

❷ 고양이에게 혼나는 개는 뚠뚠

아내는 고양이과다. 단발머리에 살짝 올라간 눈꼬리도 고양이 같고, 소파에 동그랗게 몸을 말고 앉은 모습도 영판 고양이. 자기가 원할 땐 다가오지만, 평소 (사실상 하루 대부분) 귀찮을 땐 누가 가까이 오면 단호한 표정으로 거부 의사를 표현한다. 고양이과답게 호오(好惡)가 강해서 주로 하는 말은 "○○ 싫어!"

반면 난 개과다. 멍청한 시바견. 덩치도 꽤 큰 편이고 표정도 '뚠뚠'하다. 누가 다가온다고 피하고 귀찮아하진 않는다. 무던하게 받아준다. 남의 주장에도 '뭐 그렇다면 그렇겠지'라며 쉽게 수긍한다. 반면, 무심한 개과답게 상대의 메시지엔 예민하게 반응하지 못한다. 이 사람이 지금 왜 이러지? 막상 알아차려봤자 어찌 반응할지 몰라 멀뚱히 쳐다보고만 있다.

며칠 전 아내 기분이 나쁜 것 같아, 분위기 전환을 위해 재밌게 들었던 팟캐스트 에피소드를 꺼내보았지만 "오빠 그런 이야기를 꼭 지금 해야 해?" "아니지. 꼭 지금 할 필요는 없는 이야기지. 미안." 뚠뚠.

❸ 별로인 날의 생선

결혼한 남녀들은 흔히 어쩌구저쩌구 결혼에 대한 일반론을 펼치곤 하는데, 미혼인 독자 여러분은 딱히 귀 기울여 듣지 말길 권한다. 고정관념에 얄팍한 자기 경험을 덧댄 단견이 대다수다. 예컨대 '결혼한 여자는 원래 감정 기복이 심하다'고 하는데, 내가 경험한 아내는 감정 기복이 심하지 않다. 늘 동일한 수준으로 화가 나있다. 기분 좋음 수치 10점 만점에 3~4점대가 꾸준히 유지된다. 기복이 심하다니 무슨.

'여자는 기분 나쁜 이유가 있는 게 아니다. 기분 나쁜 시기가 있는 것이다.' 이것도 내 경우엔 틀린 팩트. 이 논리에 따르면 조금만 버티면 다시 상황이 좋아져야 하는데, 전혀 그렇지가 않다. 아내는 늘 정확하고 타당한 이유가 있어 기분이 나쁘다. 집에 있는 시바견 따위에게 일일이 설명하고 싶지 않을 뿐이다. 그리고 그 문제가 해결되어야 기분이 좋아진다.

결국 모든 부부는 고유한 특성이 있고, 고유의 방법으로 문제를 해결할 수밖에 없으며, 그래서 우리 집의 문제 해결법은 생선 구워 먹기다. 귀납적 방법으로 발견했다. 생선을 먹으니 아내가 욕을 하지 않았다. 생선을 먹었더니 아내가 웃었다. 생선을 먹었더니…….

상황이 꼬인 날엔 함께 마트에 가서 그날 먹을 생선을 고른다. 칼질한 후 레몬이나 허브를 얹고 오븐에 굽는다. 살결이 찰진 참돔도 좋고, 기름진 눈볼대도 좋다. 이런저런 이유로 집안 경제가 파산에 이른 적이 있는데, 큰맘 먹고 민어를 먹는 호사를 부렸더니 마음이 여유로워졌다. 무슨 일이든 잘 풀릴 마냥.

❹ 과거의 나를 만난다면

내 20대 중반은 온 삶이 몽땅 고통, '일체개고(一切皆苦)'라 표현할 만큼 힘들었다. 고통의 중심엔 불안이 있었다. 특별한 능력 없이 세상 잉여로 살아가지 않을까 하는 불안감이며, 더 들어가면 내가 기껏 이어가는 삶이 아무 의미도 없을지 모른다는 불안이었다. 술만 퍼마시던 1년이 있었고, 게임으로 생각의 틈을 메우던 여름도 있었다. 스물여섯 살의 겨울에는 '난 누구며, 세상에 살아가는 의미는 무엇인가. 그걸 찾자. 거기서 시작해야 한다'라며 철학책을 들고 도서관에 파묻혔다. 하지만 사색으로 해결되는 건 아무것도 없었다.

지금의 내가 타임머신을 타고 돌아가, 12년 전의 나를 만난다면 꼭 해주고 싶은 말이 있다. "10년 후에 넌 어차피 와이프 물 떠주고 있을 거야. 너무 고민 말고 적당히 해."

고양이 같은 아내 물 떠주고, 생선 구우며 지낼 줄 알았으면, 마음 편히 하고 싶은 거나 할걸.

 개복치 씨의 한마디

어차피 여러분도 10년 후엔…….

심심함을 찾아 떠나는 제주 홀로 여행

"으……, 사람들에게 너무 지쳤어. 혼자 어디론가 떠나고 싶다고!"

한 해의 전반부가 끝나고, 습한 기운이 내려앉는 6월이면, 난 사람에 부대낀다는 느낌을 받곤 한다. 끊임없이 이어지는 감정 교류, 소통과 소통이 지겨워진다. 그럴 때면, 소설 《모비 딕》의 주인공 이스마엘이 바다로 향했듯, 난 나 홀로 제주로 향한다. 아무 계획도 없이, 두세 권의 책만 챙겨 떠나는 미니멀 여행이다. "히가시노 게이고 소설을 들고 갈까? 아냐. 올리버 색스의 《아내를 모자로 착각한 남자》를 이번 기회에 완독해야 겠어." 이 책이냐 저 책이냐, 만이 유일한 고민이다.

결혼한 남자가 혼자 여행 간다면 주변에서 흔히 나오는 질 문은 두 가지다. 첫째는 "와이프가 혼자 가게 보내줘요?" 보내 준다는 표현보단 합의했다는 게 적확하지만 어쨌든 동의했으 니까 가는 것이다.

"오빠, 날 두고 떠나면 좋아? 난 외롭게 있겠네." 와이프는 처음엔 타박했다. 하지만 그건 모두 거짓이었다. "아무래도 그 렇겠지. 숙소도 잡아놓았으니 같이 갈까?" "음, 아니. 나 제주 도 안 좋아하잖아. 외롭겠지만 오빠를 위해 보내줄게." "너무 외로우면 제주도로……." "아니, 괜찮다니까. 제주도는 안 가 고 싶어." 속는 기분이 들었다. 아니나 다를까, 제주 여행 동안 와이프는 술자리, 놀이공원 나들이, 주말엔 1박 2일 엠티까지 다녀왔다.

　두 번째 질문은 "혼자 있으면 심심하지 않아요?" 애초에 심심하려고 계획한 여행이다. 우리들의 평소 일과는 얼마나 촘촘하던가. 회사에선 "네, 요청하신 자료 준비하겠습니다." 집에선 "주말에 뭐 먹고 싶다고?" 회사와 집 양쪽에서 빈틈없이 이어지는 소통과 '할 일'들은 우리를 지치게 한다. 나와 연결된 사람 하나 없는 뚝 떨어진 공간에서, 시간의 흘러감을 방관하고 싶다. 즉, 심심한 시간을 보내는 것이 이번 여행의 포인트.

　섬 중앙이 쑥 솟아오른 제주는 동서남북 이동하는 데 오래 걸린다. 효율적인 여행을 위해선 동서남북 중 한 지역을 택해 바닷가와 내륙 여행지를 세트로 묶는 것이 정석이다. 처음 제주 여행을 갔을 땐 관광지를 돌아다녔다. 오름도 오르고, 배 타고 돌고래도 보러 가고. 울창한 사려니숲길 산책은 기억에 남을 만큼 즐거웠다. 하지만 제주를 들락날락한 지 몇 년째가 되자 한 동네에만 콕 박혀 보낸다.

　'머물 동네'는 '읽을 책'과 톤앤매너를 맞춘다. 존재론적 회의에 시달리던 5년 전엔 니코스 카잔차키스가 쓴 《영혼의 자서전》을 들고 갔다. 소설 《그리스인 조르바》의 작가로 유명한 카잔차키스는 죽기 전 인간의 삶에 대한 통찰을 거친 문장 속에 담아 자서전으로 남겼다. 병세가 심해 펜을 들지 못하던 집필 마지막 시기엔 아내가 그의 육성을 듣고 글로 옮겼다.

　딥하고도 다크한 이 책을 읽고자 찾아간 곳은 서귀포 넙빌

레다. 제주 말로 넓은 바위를 일컫는 '넙빌레'는 새카맣고 큰 돌들이 가득한 해변이다. 영화 〈프로메테우스〉 첫 장면에 나오는 태초의 지구를 닮았다. 자기 존재를 고민하는 분들에겐 카잔차키스+넙빌레를 추천하며, 어쨌든 난 올해는 가벼운 역사 소설과 에세이 한 편씩만 들고 가기에 훨씬 캐주얼한 협재를 골랐다. 첫날 도착해서 동네를 기웃거린 후 맥주 한잔하고 잠들었다. 다음 날 아침 일어나 이빨을 닦다가 든 생각 '이제 뭐하지?' 나 홀로 제주는 그렇게 시작됐다.

(지금부터 무료한 1인칭 시점) 벌써 10시다. 씻고 나가면 점심이겠군. 어디서 먹을지 검색해볼까? 에이, 귀찮네. 요 앞에 고기국수 집 있던데 거기서 먹어야겠다. 냠냠쩝쩝. 이야, 정말 평범한 고기국수잖아. 서울에서도 이 정도 고기국수는 흔히 먹을 수 있지. 이제 바닷가를 산책하러 가야겠다. 모래밭에 누워 책을 봐야겠어. 뚜벅뚜벅 쓱쓱 철퍼덕. 흠…… 햇살이 눈부셔 책을 못 보겠잖아. 카페 가서 읽어야겠다. 그나저나 인스타그램에 사진 올려야겠다. 찰칵 #아무도#없는#나홀로제주. 캬~ 제주 감성~. 막간을 이용해 인스타그램 피드 구경하자. 예쁜 친구에겐 '좋아요'도 한 방. 다음 날 일정도 식사→왔다 갔다→커피→하늘 바라보기→식사→맥주→왔다 갔다. 다음 날도. 또 다음 날도. 반복의 반복.

'차를 타고 갈 때 못 보던 풍경을 걸어갈 땐 음미할 수 있다'는 천천히 살자식류의 뻔한 격언이 있다. 겪어보니 사실이다. 시간이 천천히 흐르면 사람은 디테일을 음미하기 시작한다.

석양 지는 협재의 바다를 보며 난 시시각각 변하는 색깔을 분류했다. 밤바다가 펼쳐진 창가에서 책을 한 자 한 자 꼼꼼히 읽었다. 책 여백에 잡생각을 끼적였다.

태풍이 제주에 상륙한 밤, 편의점 앞에서 비에 젖은 채 애옹애옹 우는 고양이를 발견했다. 수건을 사서 물기를 닦아줬다. 고양이 사료를 안 팔기에 오양맛살을 나눠 먹었다. 뽀송뽀송해진 고양이는 "고마워, 인간. 온기는 충분히 나눴어. 이제 홀로 있고 싶어"라며, 구석 자리로 몸을 피했다. 문뜩 와이프 목소리가 듣고 싶어졌다. 전화하니 "나 지금 별장에서 노는 중이야. 노래방 기계로 노래 부르고 난리야. 그만 끊어"라고 했다. 내일모레 올라가면 와이프랑 맛있는 저녁을 먹어야지. 금요일에 술자리 하나 잡아야겠다. 이제 사람들을 만나고 싶다. 홀로 있기 싫다. 나 홀로 제주 여행은 목적 달성. 성공적.

내가 혼자만의 시간을 원하는 건, 인생이 혼자이길 바라서가 아니다. 혼자 있는 시간 동안 채운 에너지로 더욱더 즐겁게 함께 지내기 위해서다. 매년 떠나는 나 홀로 여행의 결론은 늘 같았다. 바다 건너 돌아가 만날 사람들이 있어 다행이야. 찾는 사람 하나 없이 혼자였으면 얼마나 외로웠겠어. 함께 지내자.

 개복치 씨의 한마디

하지만, 홀로 채운 에너지의 유효기간은 1년. 다음 해 6월이면 '모두 나가주세요. 혼자 있고 싶어요'의 마음이 되고 만다.

한밤의 내 방은 나의 케렌시아

~~~~~~~~~~~~~~~~~~~~~~~

Q. 다음 중 딱 하나의 발명품만 가질 수 있다면 당신은 무엇을 고를 것인가?

예민도 측정 글라스	사람의 예민한 정도를 측정하는 안경. 자신에 비해 지나치게 거친 성정의 소유자를 미리 거를 수 있다. 구글 글라스하고 비슷하게 생겼다.
감정 온-오프 목걸이	목에 걸고 다니다가 감정이 제거됐으면 바라는 순간에 누르면 일시적으로 감정이 사라지고 이성만 남는다. 면접이나 층간소음 항의 시 유용하다.
재깍재깍 수면 안대	잠에 빠질 시간과 일어날 시간을 설정하면 무조건 그 시간에 잠에 빠지고, 일어난다. 얼굴 크기에 맞게 밴드를 조절할 수 있다.

함께 지냈으나 결국 내 에너지를 갉아먹었던 사람들을 떠올리면 1번 '예민도 측정 글라스'가 무척 필요하게 느껴진다. 얼굴이 홍당무가 된 면접을 생각하면 2번도 유용하겠고. 하지만 내 최종 선택은 3번이다. 나머진 다 양보할 테니 '재깍재깍 수면 안대'만은 꼭 있었으면 좋겠다. 살면서 잠 못 이루는 밤이 그만큼 잦았다.

"어제는 몇 시간 잔 거지? 대충 새벽 3시쯤 잠들었고, 7시에 일어났으니까…… 4시간이네. 피곤하군." 사무실에 출근해 힘든 오전을 보내며 수면시간을 세어본 날이 허다하다. 매해 적는 새해 소망이 '운동하기'와 '제때 자고 제때 일어나기'다. 목표는 허무맹랑하지 않게 최하로 잡았다. 일주일에 수영장 한 번 가기. 새벽 1시에는 취침하기. 7년째 매년 기준을 낮추는데 이루지 못하는 건 매한가지다.

대체 왜 밤에 잠을 안 자느냐. 밤의 시간이 너무나도 행복하기 때문이다. 번잡한 낮과 달리 밤은 고요하다. 나를 찾는 사람도, 관심을 두는 사람도 없다. 크루즈선 창문으로 밤바다를 바라보듯, 아늑한 방에서 창밖을 응시한다. 밤에 읽은 책은 마음에 알알이 꽂히고, 밤에 듣는 음악은 영혼을 울린다. 새벽 3시에 듣는 언니네이발관의 〈꿈의 팝송〉은 어쩌나 완벽한지. 이토록 밤을 좋아하는 바람에 통 잠을 이룰 수 없다.

'안대는 무슨 안대. 그냥 안 자는 것뿐이잖아. 빨리 자면 되겠네'라며 비판한 둔감한 이들이 있을지 모르겠지만. 아니요. 그렇게 단순하지가 않습니다.

미국 정신과 전문의인 구가야 아키라가 쓴 책 《최고의 휴식》에 따르면, 아무것도 하지 않는 순간에도 우리 뇌는 '공회전'을 하고 있다. 과거를 복기하고 미래를 예상하는 인간의 본능 탓이다. "내년이 4학년인데 취업은 잘 될까?" "요즘 돈을 너무 많이 쓰고 있는 것 같은데." 스스로 쉰다고 믿는 순간마저 뇌는 온갖 시뮬레이션을 돌리며 '일'하고 있기에, 뇌가 쉬도록 특별한 노력을 해야 한다는 것이 구가야 아키라의 주장이다.

뇌를 쉬게 하는 데는 여러 가지 방법이 있다. 그중 자신만의 '케렌시아'를 찾아 그곳에서 머무는 것도 효과 있는 방법이다. 케렌시아란 스페인에서 유래된 말로 투우장에서 소가 잠시 숨을 고르는 공간을 일컫는다. 투우사와 싸우다가 지친 소는 투우장 안에서 자기 맘에 드는 곳을 정해 잠시 쉰다고 한다. 케렌시아에서 멍하니 쉬는 소는 투우사도 공격하지 않는 것이 룰이다.

소가 재충전하듯 현대인 역시 남에게 방해받지 않고 몸과 마음을 재충전할 공간이 필요하고 이 역시 언제부턴가 케렌시아라 불리기 시작했다. 황소의 케렌시아가 황소 마음대로인 듯 사람의 케렌시아도 사람마다 제각각이다. 어떤 이에겐 상수동의 조용한 카페, 또 다른 이에겐 이른 아침의 축구장, '고독한 미식가'의 고로상에겐 동네 음식점이, 그리고 나에겐 '밤의 내 방'이 케렌시아인 셈이다. 그만큼 중요한 밤 시간을 졸린다는 이유로 전부 포기하긴 힘들다. 고로 '재깍재깍 수면 안대' 같은 게 있으면 낮 생활에 피해가 안 가도록 정밀하게 수면 스케줄을 짜보고 싶다.

그나저나 중년에 이른 직장인 중에도 오롯이 자기만의 공간을 마련하지 못한 이들이 많더라. 나만의 케렌시아 한두 군데쯤은 찾아놓는 쪽이 좋겠다. 그리고, 혹시 글을 읽는 사람 중 밤 마니아가 있다면 도움 될 정보 하나. 선호하는 활동 시간대에 따라 사람을 아침형, 중간형, 저녁형으로 나누는 걸 의학계

에선 '크로노타입(Chronotype)'이라 부른다. 조사 결과에 따르면 저녁형 인간은 전반적으로 우울하거나 불안할 가능성이 높다. 그러나 해결책은 있다.

분당서울대학병원 수면센터 윤인영 교수 연구팀이 자기 병원 직원 1,794명을 대상으로 크로노타입에 따라 수면의 질, 주간 졸림증, 피로, 우울, 불안 등을 조사했다. 그 결과 수면의 질은 당연히 저녁형 인간이 떨어졌으나, 우울이나 불안처럼 삶의 질을 나타내는 요소들은 회복 탄력성에 훨씬 더 큰 영향을 받는 것으로 드러났다. 똑똑한 윤인영 교수님은 크로노타입은 쉽게 바꾸기 어렵다며(똑똑하다), 회복 탄력성은 습관과 심리 치료로 바꿀 수 있기에 저녁형 인간을 고수할 거라면 회복 탄력성을 키우라고 하였다.

그런데 회복 탄력성이 무엇인지 검색해봤더니 "시련과 실패를 도약의 발판 삼아 더 높이 튀어 오르는 마음의 근력. 불행한 사건도 긍정적으로 받아들이고 툭툭 털고 일어서는 힘. 감정을 조절하는 능력, 소통 능력……[후략]"

참나, 이 정도 능력이 있다면 애초에 밤을 좋아할 리도. 에휴 말을 말자. 여하튼 밤을 사랑하는 개복치 여러분, 저녁형 인간은 우울할 가능성이 높으니 회복 탄력성을 키워보세요.

전투는 아내가 담당하고 있습니다

툭툭툭. 툭툭툭. 툭툭툭.

언제부턴가 밤마다 묘한 타격음이 들려왔다. 도움의 손길을 찾는 난파선의 모스 부호처럼, 그 소리는 매일 밤 정확히 같은 시간에 반복됐다. 발소리라고 하기엔 패턴이 너무 일정하다. 가구를 옮기는 소리도 아니다. 애초에 매일 밤 가구를 옮기는 사람이 있을 리 없……, 있다면 더 무서운 건데. 여하튼 확실한 건 소리가 윗집으로부터 들려온다는 사실이다. 대체 윗집 주인은 밤마다 무슨 짓을 벌이고 있는가?

사소한 층간소음으로부터 발생한 무지막지한 사건을 뉴스로 접해온 난, 소음 문의에 만전을 기했다. 가장 먼저, 소리가 우리 부부 둘만의 환청이 아님을 객관적으로 인정받고자 경비 아저씨를 초청했다. 한참이나 이어지는 소리라 경비 아저씨에게도 금세 확인했다. 툭툭툭. "시끄러운 편이 맞나요?" 툭툭툭. "저희가 민감한 건 아닌지……." 툭툭툭. "아네요. 소리가 많이 크네요. 윗집에 말해야겠네."

혼자 찾아갈 경우 위협으로 비칠까 걱정됐다. 경비 아저씨와 함께 가서 자초지종을 설명하기로 하였다. 최대한 선량한 표정을 지은 채 초인종을 눌렀다. 아무런 답도 없다. 경비 아저씨 얼굴을 쓱 본 후 다시 초인종을 누르려는 찰나, 문이 열렸다. 할머니와 아주머니의 중간쯤 되는 '할주머니' 한 분이 음울한 얼굴을 문밖으로 내민다. "안녕하세요. 아주머니, 아랫집 사는 주민인데요. 다름이 아니라 밤마다 소리가 들려서 무슨 일인지 여쭤보려고 들렀습니다." 방긋방긋. 그 할주머니는 기분 나쁘다는 표정으로 내 모습을 아래위로 훑는다. 경비 아저씨가 거들었다. "내가 밑에서 들었는데요. 소리가 크게 들려요."

층간소음 문제가 갈등의 양상을 띨 필요가 없다고 생각해왔다. 사람들이 함께 사는 세상엔 미스 매치가 많으며, 그런 어긋남을 맞추는 것 역시 세상 사는 지혜일 테니까. 안타깝게도 윗집 할주머니의 입장은 나와 크게 달랐다. 이번 방문을 자신에 대한 공격으로 받아들인 것이 분명했다.

"뭔데 맘대로 남의 집 초인종을 눌러요." "죄송합니다, 하지만 벌써 몇 주째 밤마다 소리가 들려서요." "소리 내는 데 보태준 거 있어요? 보태준 거 있냐고!" "아뇨, 보태드린 건 없죠."

아파트가 떠나가라 고음을 내지르는 할주머니의 이야기를 애써 정리하자면, 반복되는 툭툭툭 소리는 작은 절구를 바닥에 놓고 찍는 소리다. 이가 안 좋아, 쌀을 빻아 음식을 만드느라 절구로 찍고 있다고 한다. 가뜩이나 짜증이 나는데 아랫집에서 '쳐'올라와서 따져대니 짜증이 더 '쳐'난다는 것이 할주머니의 설명이었다.

"테이블 위에 두고 빻으실 수도 있지 않을까요? 아니면 낮에 빻는 것도 하나의 방법이 될 것 같습니다." 할주머니는 요지부동이다. 내 집이니까 내 맘이다. 어디 올라오고 XX이냐는 말만 반복하신다. 윗집 문 앞에서 경비 아저씨와 내가 영혼까지

털리고 있던 순간, 아래층에서 누군가 굉장한 기세로 올라온다. 내 와이프다.

"아줌마 이빨 아픈 게 우리 탓이에요? 아프든 말든 우린 상관없고, 시끄럽게 하시면 안 되죠. 왜 남한테 피해를 주고 사세요!" 다다닥 파파팟! 따발총처럼 할주머니를 언어로 폭행했다. 김성모 화백이 그린 만화 《럭키짱》에선 기술 콤보 숫자가 싸움의 승패를 가른다. "아하하 내 90단 콤보를 보아라, 앗! 넌 95단 콤보를 쓰는구나. 으악!" 와이프와 할주머니의 언어 대결은 '럭키짱'과 비슷했다.

할주머니도 첫 기세를 잃지 않으려 억지 논리 신공을 시전했다. 타타탓! 파파팟! 말과 말의 화려한 대결! 밀린 쪽은 할주머니였다. "안 하면 되잖아……." 할주머니는 말꼬리를 흐리며 문을 닫았다. 그 후로 밤의 타격음은 들리지 않았다. 주말 낮이면 모포 위에서 작게 뭔가를 두드리는 소리가 나기도 했지만, 아내가 눈을 치켜뜨고 쳐다볼라치면 소리는 이내 그치고 말았다.

모든 부부에겐 부부마다 각자의 역할이 있다. 예컨대 화장실 청소는 남편, 음식은 아내가 맡는 가정이 있는 반면, 음식은 남편이 힘쓰는 일은 아내가 하는 집도 있다. 무 자르듯 정해두진 않더라도 살다 보면 자연스럽게 자신이 잘하는 일 위주로 맡게 된다. 우리 집의 경우 전투는 아내가 담당하고 있다. 층간소음, 접촉사고, 음식 주문 지연 등 문제가 터지면 아내가 나선다. 타타탓! 파파팟! 내 미약한 전투력을 보다 못한 아내가 나

서더니 결국 그렇게 됐다. 대신 난 맛있는 걸 사주거나 물을 내주어, 아내의 화를 식히는 역할을 전문적으로 담당하고 있다.

태어나서 고1 때 딱 한 번 누군가에게 싸움을 걸었다. 상대는 꾸준히 날 괴롭히던 학생이었다. 주변에서 왜 참느냐, 남자라면 한판 붙으라기에 마음 굳게 먹고 상대를 온 힘으로 밀었다. 예상치 못한 공격에 그는 뒤로 밀려나며 바닥에 대자로 쓰러졌다. 그 애가 너무 아파하며 싸움은 끝났으나 난 고민스러웠다. '괴롭힘이 그냥 친근함의 표현일 수도 있는데 내가 너무 과했나?'

남자라면 상황을 리드하고 터프하게 문제를 해결해야 한다는 압박감이 있을 것이다. 나 같은 소심쟁이 남자들은 특히 스트레스를 많이 받을 텐데, 남자답지 못함에 십수 년 시달린 지금 감히 말하면 그럴 필요가 전혀 없다. 세상에는 문제를 해결하는 여러 방법이 있고, 당신에게 어울리는 방법은 따로 있다. 자신의 소심성을 부끄러워하며 억지로 남자다워할 필요 없다. 세상엔 사랑스러우면서도 전투적인 여성분들이 많으니까.

 덧붙이는 액션 활극

이런 내가 육박전을 벌인 적이 딱 한 번 있다. 공익요원 시절 버스 타고 퇴근하던 중 웬 정장 남자가 운행 중이던 버스 문을 두들겼다. 버스 기사가 문을 열었더니 정장 남자가 버스 기사를 무지막지하게 폭행한다. 자기 앞에 버스를 안 세웠다고 고함치며 주먹으로 얼굴을 연거푸 때리고, 발로 밟는다. 과도한 폭력성에 승객들이 기겁하는 찰나 나와 어떤 군인이 반사

적으로 정장 남자를 붙잡았다. 셋은 우당탕 뒤엉켜 버스 밖으로 튕겨나갔
고, "여기 미친놈이 있어요!"라는 고래고래 고함에, 시민들이 도와주러 뛰
어왔다. 그리고,

　시민들은 재빨리 나를 붙잡아 바닥에 붙들어 놓았다. "나 아니고 저 아
저씨예요. 읍읍." 내 생김새가 어딜 봐서. 결국 경찰이 와서 잘 해결되었
고 바닥에 내팽개쳐졌던 전 사과를 받았다죠.

참치마요냐 매콤불고기냐 그것이 문제로다

〰〰〰〰〰〰〰〰〰〰〰〰〰〰〰〰〰〰〰〰〰〰

▣ 삼각김밥의 딜레마

"오빠, 참치김치!"

밤 9시 30분. 야근하느라 저녁도 못 먹고 집에 온 아내가 내게 삼각김밥 사오길 명령했다. 밖의 날씨는 몹시 추웠고, 난 샤워까지 마친 상태였으나 (그런 거 하나도 안 중요하고) 당장 옷을 껴입고 문밖을 나섰다. 그러다 문득 떠올랐다. 지금 시간이면 편의점에 삼각김밥 종류가 몇 개 없을 텐데. "저기, 참치김치 없으면 뭐 사와?" 조용……. "시간이 늦어서 참치김치 없……." "그냥 사와." "알겠어. 그렇게 할게." 이렇게 삼각김밥의 딜레마는 시작됐다.

배경 설명을 하자면, 나의 아내는 작고 말랐으며 체질적으로 음식을 잘 소화시키지 못한다. 그리고 늘 어느 정도 화가 나 있다. 기분을 10점 만점으로 매기면, 꾸준히 3~4가 유지된다고 할까? 예민하다면 예민하고, 불만이라면 불만인 상태다. 가끔 소소한 좋은 일이 생기고, 마침 그녀의 입꼬리가 약간 올라가 웃는 것처럼 보이기도 하지만 그건 착시에 불과하다. 멋도 모르고 농을 쳤다간 지옥의 불벼락이 날아온다.

하물며 누가 봐도 기분이 안 좋은 이 순간은 말한 대로 행해야 한다. 편의점으로 걸어가며 경우의 수를 생각했다. 만약 참치김치가 없다면? 몇 개 사와 골라 먹으라고 주는 옵션은 없다. "먹지도 않을 김밥을 왜 이렇게 사왔어! 필요 없이 돈 쓰고, 음식물 쓰레기만 쌓이잖아"이기 때문이다.

다시 삼각김밥으로 돌아가, 아내는 참치도 좋아하고 매운 것도 좋아한다. 그녀가 참치김치를 원하는 이유는 ①참치를 먹고 싶다. ②매운 걸 먹고 싶다, 둘 중 하나일 테다. ①이라면 대안으로 참치마요, ②라면 매콤불고기가 있다. '요즘 아내가 야근이 잦았어. 스트레스가 많이 쌓였을 거야. 매운 음식은 스트레스를 해소해주는 효과가 있다잖아. 먹으면 탈 나는데도 불○볶음면을 먹던 것도 그런 이유였을 거야. 역시 매운 게 당기는 거로구나. 좋아. 참치김치가 없으면 매콤불고기로 사오자.'

'아니 잠깐! 어제저녁 우리 제육볶음 먹었는데? 아내는 음식에 금방 물리는 편이야. 고기-고기 먹는 건 드문 일이지. 오늘 불고기가 먹고 싶을 리 없어. 반면 참치는 안 먹은 지 꽤 됐고. 그래 오늘은 참치다! 참치가 맞는 거야.' 추론을 거듭하며 편의점 김밥 진열장 앞에 섰다. 아니나 다를까 참치김치가 없다. 당당히 참치마요를 쥐려는 순간 옆에 놓인 김밥은 '매콤햄 김치볶음'. 혹시 김치?

❷ 점심은 어디서 먹지?

최근 아내의 묘한 특성을 깨달았다. 마음속에 무언가를 정해두고도 자기 확신을 숨긴다. 나에게 선택을 맡길 듯 말하지만 결국 처음 정한 답이 나올 때까지 강짜를 놓는다. 흔히 '답정녀'라고 한다. 주말, 아내와 점심 먹으러 가면서 뭐 먹고 싶냐고 물었더니.

"입맛이 별로 없어. 아무거나 오빠 먹고 싶은 데로 가."

"그러면 중국집이나 갈까. 요리 하나와 식사 하나 시켜 나눠 먹으면 되겠다."

"중국 음식 꼭 먹고 싶어?"

"아니 꼭 먹고 싶은 건 아닌데."

"그런데 왜 중국집 가자고 해?"

"그러게. 잠시 딴생각하고 있었나봐. 파스타 먹으러 갈까? 파스타 좋아하잖아."

"우리 집에서 파스타 맨날 해 먹잖아."

"맞네! 파스타는 집에서 먹으면 되겠구나. 그러면, 한식?"

"한식, 뭐?"

"냉면?"

"추운데."

"요즘 날씨 진짜 춥다. 막간을 이용한 퀴즈! 혹시 친구가 오늘 점심에 굳이 밥을 사주겠다면? 뭘 고를 거야?"

"머리 쓰지 말고."

"미안."

그날 아내가 원하던 건 설렁탕.

❽ 때론 기적 같은 소통

페이스북 타임라인에 '어떤 사람과 결혼해야 행복할까' 따위의 글이 자주 올라온다. 신빙성 없는 얼치기 심리학이 분명하기에 그런 글은 꼼꼼히 읽어준다. 결혼해도 결혼이란 늘 궁금한 법. 내용은 비슷비슷하다. 결혼이란 장기전이며, 긴 세월 함께 살아가려면 취미든 성격이든 비슷한 부분이 많아야 한단다. 안타깝게도 아내와 난 성향이 정반대다.

난 감각에 일면 둔한 면이 있고 아내는 예외없이 예민하다. 난 거의 초딩 수준으로 직접적인 대화만 할 줄 알고, 아내는 맥락의 맥락의 맥락을 통한 전반적인 기운으로 소통한다. A를 A라고 하면 되지, 왜 자꾸 돌려가며 말하지? 싸우기도 많이 싸우고, 나로선 억울한 것도 사실. 그럼에도 우리 사이엔 때때로 신비롭다고 말할 수밖에 없는 소통이 일어나기도 한다.

결혼 후 아내는 미국으로 유학을 떠났다. 돌아와서 떼돈 벌겠다는 말에 난 '흔쾌히' 유학비를 부담키로 했다. 서울에 홀로 남은 난 여차저차 파산했다. 유학비란 게 참 어마어마하더라. 이래저래 고생했고, 모자란 돈을 벌충하고자 집안 물건을 팔기 시작했으며, 마지막으론 결혼반지마저 팔았다.

평소 나였으면 "우리 망했어. 파산. 나 죽어." 이렇게 카톡을 보냈어야 하는데, 이상하게 그땐 그게 안 됐다. 늘 잘 지낸다고 말할 뿐. 그런데 웬일, 아내가 갑자기 잘해주기 시작했다. 귀엽게 찍은 사진을 보내질 않나(그럴 사람이 아님), 말도 상냥하게 하고(자기 부모님한테도 안 그럼).

언젠가는 학교 자취방에서 쓰던 싸구려 물건들을 창고 세일에 내다파는 장면을 찍어 보냈다. 미국 애들이 아무도 안 사준다며 불평불만. 그 모습이 너무 웃겨 우리 상황이 촌극마냥 재밌어졌다. 그런 유쾌함으로 힘든 시기를 견뎠다. 아직 물어본 적은 없다. 물어보면 언제 그랬냐고 정색하겠지만, 아내는 눈에 보이지 않는 모종의 텔레파시를 통해 내 속마음을 파악해, 최적의 행동만 골라한 게 아닐까.

❹ 그래서 삼각김밥은

텔레파시가 느껴진다. 김치일 리가 없어. 참치가 분명해. 참치김치랑 일맥상통(?)하는 참치마요를 아내에게 내밀었더니……

 개복치 씨의 한마디

결정적 순간 텔레파시가 통하는 사람만 만날 수 있다면 연애든 결혼이든 오케이!

민원상담실의 찌질이

~~~~~~~~~~~~~~

중학생 시절 내게도 사춘기가 찾아왔다. 그날그날만 살던 유년기가 끝나고, 남들과 견주어 자신을 파악하는 '어른의 슬픔'이 찾아온 것이다. 눈을 비비고 마주한 열세 살의 내 모습은 공부 – 운동 – 언변, 3박자가 고루 없는 '찌질이'였다.

중학교 급우에게 내가 제일 못난이라며 자괴감을 토로했더니 "더 못난 사람도 있을 거야. 음…… 아! 걔! 옆 반에 ○○ 있잖아. 초등학교 때 바지에 똥 싼 적도 있대"란 말을 위로랍시고 해주었다. 바지에 실례한 적은 없으니 난 ○○보단 나은 사람인가? 모르겠다.

그 후 20년이 넘는 세월을 보내며 깨달은 건 굉장히 슬픈 사실인데, 사람의 찌질한 본성이란 쉽게 바뀌지 않는다는 것이다. 마흔이 된 지금도 내 안 곳곳엔 찌질했던 중학생이 남아있다. 한편, 20년이 넘는 세월을 보내며 깨달은 하나의 희망은 찌질한 이들도 세상을 살아갈 나름의 방법이 있다는 것. 이번 글은 찌질한 이들을 위한 인생 팁이다.

대학 3학년 1학기까지 마친 2001년, 동기들보다 늦게 공익요원을 시작했다. 당시 공익요원의 일은 크게 현장 업무와 행정 업무로 나뉘었는데, 난 문과 출신이라는 이유로 글을 왕창 읽는 행정 부서에 보내졌다. 근무처는 국민고충처리위원회(지금은 '국민권익위원회'로 바뀜). 담당 부서는 민원 분류계였다.

편지, 이메일, 홈페이지 등 전국에서 오는 갖가지 민원을 처음 읽고, 내용을 파악해 정부 어느 부처에서 처리할 민원인지 분류하는 것이 주 업무였다. 민원 분류계는 계장님과 서무 누님, 머리 희끗희끗한 주사 아저씨와 나 이렇게 네 명으로 꾸려져 있었다. 소박한 조합. 그러나 이 주사 아저씨가 보통 분이 아니었다.

10급(10급이 있었다고 하더라)부터 시작해 6급까지 열심히 일만 하며 살아오신 50대 후반의 뚱뚱한 아저씨로, 성격은 매우 언프렌들리했다. 뚱한 표정으로 온종일 일만 하면서, 그나마 소통의 시간인 점심은 다이어트한다고 안 먹었다. 매사 원칙을 따지는 꼬장꼬장한 성격 탓에 동료 중에도 싫어하는 이들이 있었다. 게다가 그 일방적인 소통법이란.

"개복치야. 사무실 컴퓨터 안 되는 거 다음 주에 싹 고쳐놔." 난 차근차근 설명해드렸다. "20대라고 모두 컴퓨터를 잘 아는 것은 아닙니다. 특히 수리는 어렵죠. 본체를 열어본 적도 없는 제가 만지면 오히려 망가질 것 같군요. AS를 불러보는 편이 어떨까요." "쓸데없는 소리 말고 빨리 고쳐." 컴퓨터 수리 책을 한쪽에 끼고, 공대 출신 후배에게 배워가며 열심히 수리했다.

민원 분류도 쉬운 일이 아니었다. 민원인 상당수는 글쓰기에 낯설다. 이 이야기, 저 이야기 늘어놓아 정작 해결해야 할 민원이 파악 안 되는 경우도 흔했다. 특히 어르신들의 민원 편지엔 인생사가 통째로 들어있었다. 부유한 집에서 태어났으나 부모님이 친척들에게 속아 가난해진 사연부터, 장성한 둘째 아들이 속을 썩여 수면제 없이는 하루도 못 잔다는 하소연까지. 마음은 아프지만 하루 정해진 분량을 분류해야 하는 나도 애로사항이 생겼다. 개중엔 이상한 민원인도 꽤 있었다. 민원인에게 차마 '진상'이란 표현을 쓸 순 없다. 마음속 억울함이 그를 망가뜨렸을 테니. 다만 민원인의 2% 정도는…… 나에게 참으로 큰 고통을 주었다고만 이야기하자.

매일 아침 출근해서 세상 사람들의 슬픈 사연을 읽는 나날을 1년 남짓 보내던 중 초대형 사건이 터졌다. 민원 편지 하나를 잃어버린 것이다. 편지라고 다 규격 편지봉투에 오는 게 아니고 웬 자료와 함께 택배상자처럼 오기도 하는데, 그런 민원을 보관한다고 빼두었다가 잃어버렸다. 엎친 데 덮친 격으로 편지 주인은 앞서 말한 '2%'였다.

자기 민원을 일부러 분실했다며 찾아와 따지고 난리가 났다. "너희들 은폐하는 거지. 응? 어디 숨겨놨어? 응?" 여긴 공공기관. 아무리 하찮아 보이는 문서라도 들어온 이상 공식 문서다. 민원센터 과장님, 분류계 계장님 모두 난리가 났다. 대체 어떻게 된 거냐고.

"제가 잃어버렸습니다." 주사 아저씨가 말했다. 깜짝 놀란 나는 내가 잃어버렸다고 말하려 했으나 주사 아저씨는 "시끄럽다. 일이나 해라"라며 단박에 제지했다. 연세도 많은 주사 아저씨가 한참이나 머리를 조아리시는 바람에 민원인은 다행히 넘어갔다. 주사 아저씨는 과장님께 심하게 깨졌다. 하루 이틀

하시는 일도 아니면서 왜 일을 엉터리로 처리하느냐는 힐난이 사무실 저편에서 들려왔다.

　사건 이후 1년을 더 함께 일하며 아저씨와 난 서로를 더 알게 됐다. 다이어트 때문에 점심을 거르신다던 주사 아저씨는 사실 외벌이에 대학생 자녀까지 있어 돈 아끼려고 점심을 거르는 거였다. 한 달에 한두 번 동료들과 식사하러 나가는데 우연히 나를 마주치면 셔츠 윗도리에서 만 원짜리를 하나씩 꺼내주시곤 했다(아저씨는 지갑을 안 들고 다녔다). 나는 아저씨가 한국문학을 좋아한다는 걸 알고 최인훈의 소설 《광장》 특별판을 구해 선물했다. 28개월의 공익요원 임기는 끝났고, 난 나의 번잡한 대학생활로 돌아왔다. 20대 시절 특유의 정신없음 속에서 아저씨와의 기억은 저편으로 사라져갔다.

　1년 후쯤 인사도 할 겸 민원실을 찾았다가 주사 아저씨가 뇌출혈로 쓰러졌다는 것을 알게 됐다. 아저씨 핸드폰으로 전화했더니 아드님이 받으셨다. 물어물어 병원을 찾아갔다. 사모님께서 평소에 아저씨가 "말 안 듣는 개복치" 이야기를 가끔 하셨다고 한다. 아주 말을 안 듣고 순 농땡이였는데 그래도 보고 싶은지 자주 이야기하셨다고 한다. 말을 아주 잘 들었던 난 어이가 없었으나 병원을 방문했다. 주사 아저씨는 왼쪽 전신이 마비돼 말을 거의 못 하셨다. 목소리가 너무 작아 숫숫거리는 것 같았다. 환자복 위에 손 올리는 제스처를 자꾸 취하기에 뭔가 했더니 예전에 점심값 주던 버릇이었다.

잘난 이들이 제 알아서 살아가는 동안, 소심하고 찌질한 이들은 서로 기대어 세상을 살아낸다. 2001년, 서대문구 관공서 사무실 한 켠에서 공익요원과 나이 든 주사 아저씨 사이에 일어난 일도 그런 종류의 것일 테다. 대한민국 구석구석 계신 소심한 개복치 님들은 모쪼록 사람과 함께하시길 바랍니다.

내가 멸종 위기인 줄도 모르고

2019년 08월 19일 초판 01쇄 발행
2019년 10월 15일 초판 02쇄 발행

–

지은이 이정섭

–

발행인 이규상   단행본사업본부장 임현숙
편집팀 이소영, 강정민, 황유라, 이수민   디자인팀 손성규, 이효재
마케팅팀 이인국, 전연교, 윤지원, 김지윤   영업지원 이순복

–

펴낸곳 (주)백도씨
출판등록 제2012-000170호(2007년 6월 22일)
주소 03044 서울시 종로구 효자로7길 23, 3층(통의동 7-33)
전화 02 3443 0311(편집) 02 3012 0117(마케팅)   팩스 02 3012 3010
이메일 book@100doci.com(편집·원고 투고)   valva@100doci.com(유통·사업 제휴)
블로그 blog.naver.com/h_bird   인스타그램 @100doci

–

ISBN   978-89-6833-220-3   03810
ⓒ 이정섭, 2019, Printed in Korea

이 도서의 국립중앙도서관 출판예정도서목록(CIP)은 서지정보유통지원시스템 홈페이지(http://seoji.nl.go.kr)와
국가자료공동목록시스템(http://www.nl.go.kr/kolisnet)에서 이용하실 수 있습니다.(CIP제어번호: CIP2019029292)